LA BEAUTÉ DU GESTE

DU MÊME AUTEUR

L'Océan miniature, roman, Seuil, 1983.
Simone Signoret. La Mémoire partagée, essai biographique, Robert Laffont, 1990 ; Le Livre de Poche, 1992.
La Beauté du geste, essai, Calmann-Lévy, 1994.
Passage de l'Ange, roman, Calmann-Lévy, 1995.
L'Homme qui savait tout. Le Roman de Pic de la Mirandole, roman, Seuil, 2001 ; "Points Seuil", 2002.
Clandestine, récit, Seuil, 2003.
Crescendo. Avis aux amateurs, Actes Sud, "Un endroit où aller", 2006.

En collaboration :

L'Occident en quête de sens, anthologie, préface de Jean Daniel, Maisonneuve et Larose, 1996.
Entretiens sur la fin des temps, conversations avec Stephen Jay Gould, Jean Delumeau, Jean-Claude Carrière et Umberto Eco, Fayard, 1998.
Egyptes. Anthologie de l'Ancien Empire à nos jours, Maisonneuve et Larose, 1998.
Sommes-nous seuls dans l'univers ?, conversations avec Jean Heidmann, Alfred Vidal-Madjar, Nicolas Prantzos, Hubert Reeves, Fayard, 2000.

© Calmann-Lévy, 1994
ISBN 2-7427-6278-7

Illustration de couverture :
Sandro Botticelli, *Naissance de Vénus* (détail),
Florence, Galleria degli Uffizi

CATHERINE DAVID

LA BEAUTÉ
DU GESTE

essai

BABEL

*aux habitants et aux habitués
de la rue du Pré-aux-Clercs*

à la mémoire de mon père

Dans le pied droit, un premier pas est en attente.

RAINER MARIA RILKE,
Description de
L'Homme des premiers âges
d'Auguste Rodin, *Œuvres complètes*,
vol. I, "Bibliothèque de la Pléiade",
Gallimard, 1993.

NOTE DE L'AUTEUR

On n'en finirait pas de chercher ce qui allie les deux sens de *la beauté du geste,* le *concret* de l'instant et le *présent* de l'offrande, le trait de pinceau et la générosité.

"Ne remuez pas les branches !" dit le maître de taï-chi-chuan. Un geste ne vient jamais seul. Où finit le bras, où commence l'épaule ? Nos mouvements sont d'abord ceux de nos organes, lames de fond surgies de l'océan du corps. Voyez le geste se propager à la manière d'une onde, du bout des orteils à la racine des cheveux, en passant par l'estomac, les poumons, les artères. Les arts martiaux nous enseignent le solfège du corps, la musique des sensations.

Le pianiste lui aussi est un arbre qui danse – et qui chante – et qui ne se contente surtout pas de remuer les branches ! Enfoncer une touche, cela n'a l'air de rien, mais pour ce *manuel,* cet artisan de l'ouïe, un geste du pouce engage la paume, le poignet, le coude, les épaules, l'assise, l'ensemble de soi, tandis que Mozart lui verse littéralement de la musique dans les doigts. Peu à peu il se laisse modifier par le piano, taï-chi-chuan des mains, méditation sonore et tactile. En caressant le clavier il affine son écoute et partage son plaisir.

Nous ne croyons pas que le soleil puisse arrêter sa course. Le temps des horloges ne connaît pas les points d'orgue. Le fugace, l'éphémère, le *bel aujourd'hui* ne sont dans notre région du monde que prétextes à nostalgie ou à réminiscence, d'avance transformés en souvenirs et prisonniers du passé. Pourtant ils adviennent, les *instants suspendus* du poète (Rilke), il ne tient qu'à nous d'en accepter l'augure, d'acquiescer, de nous laisser porter.

La beauté du geste rend sa dignité à l'instant qui passe. L'instant d'une étreinte, d'un poème, d'une sonate, d'un problème à résoudre, nous voici *transportés*. Tant que dure cette musique, les horloges perdent leur pouvoir sur nous. Il s'agirait de ne pas négliger ces trésors, de ne pas sous-estimer ces petites éternités. *Respirer l'instant*, tel est l'enjeu.

Ce livre est écrit depuis douze ans. Nous continuons à faire route ensemble, lui et moi, tels Piccolo et Saxo dans la campagne, à la poursuite de Sa Majesté le piano. C'est ainsi qu'est né C*rescendo. Avis aux amateurs.*

C. D.
Montmartre, mai 2006.

AVANT-PROPOS

Ce livre a l'ambition de rendre compte d'une double expérience personnelle : la pratique assidue du piano et du taï-chi-chuan. La découverte surprenante de leurs secrètes similitudes m'est apparue progressivement au fil des années, et toujours grâce à des détails.

Le travail du piano peut se définir comme une tentative pour *toucher la musique*. Le taï-chi-chuan est un aspect des arts martiaux chinois : on peut le définir comme une stratégie pour *toucher l'adversaire*. (Cyrano le dit : "A la fin de l'envoi, je touche !" Et il joint le geste à la parole, ce qui définit aussi bien l'estocade que le fait même d'écrire...) A un moment donné, l'art du combat *(comme l'amour !)* engage l'être entier dans sa relation à l'autre – adversaire, partenaire...

Cependant, sans méconnaître l'importance ultime de l'efficacité dans le combat, c'est la dimension intérieure, l'expérience intime – "musicale" – du taï-chi-chuan que je voudrais partager. De ce point de vue, seule la sensation engendrée par le geste donne le *la*. Si la sensation est juste, l'attaque est efficace, la flèche atteint la cible, la musique s'anime...

Il ne s'agit pas d'élucider cette énigme, mais de la faire apparaître et de l'interroger.

1
UN PAYSAGE QUI CHANGE

Le piano n'est pas un art martial.

Les maîtres de sabre ne jouent pas Chopin. Et rares sont les pianistes qui s'intéressent aux subtilités de la parade et de l'attaque.

Pourtant, les pianistes et les pratiquants des arts martiaux auraient des choses à se dire : la beauté du geste est leur commun souci, l'objet de leurs soins, le moyen de leur art et peut-être son but. Car elle ne se distingue ni de la sensation qu'elle procure ni de son efficacité créatrice.

Les uns et les autres le savent : l'exigence du geste grandit à mesure que la perception s'affine. La différence est la même que celle qui sépare le désir de voyage du départ lui-même, et seule la patiente répétition des mouvements leur donne finesse, ampleur et précision, comme les allers et retours du pinceau sur la toile font vibrer les couleurs. Selon le moine Citrouille-amère*, "si loin

---

* Shitao, *Propos sur la peinture du moine Citrouille-amère*, traduits et commentés (admirablement) par Pierre Ryckmans,

que vous alliez, si haut que vous montiez, il vous faut commencer par un simple pas".

La répétition n'est jamais monotone, puisqu'elle n'existe pas : "Aujourd'hui plus qu'hier, et bien moins que demain." On ne se baigne pas deux fois dans le même fleuve : s'ils sont vivants, deux gestes ne sont jamais identiques, même s'ils se succèdent dans l'instant. Pas plus que deux interprétations musicales, deux combats, deux parties d'échecs, deux représentations théâtrales ou deux étreintes.

Ce qui semble une épreuve est donc une aventure : un paysage qui change.

Chemin faisant, il apparaît que la souplesse et la force, la puissance et la douceur, la lenteur et la vitesse sont jumelles et complémentaires. Parce que le plus difficile n'est pas toujours le plus spectaculaire. Les initiés diront aussi que l'interprétation est fille de la technique, car la liberté véritable naît du respect de la forme.

Le secret de ces voyageurs ? Le plaisir de la quête. Le geste parfait est un Graal en attente au fond de l'avenir, à la tangente du possible. Ils le voient s'éloigner à leur approche comme le mirage s'évanouit à l'horizon pour se reconstituer plus loin, plus beau, plus désirable.

Ce sont des évidences mystérieuses : elles restent en deçà du langage, se donnent sans mots, sans pensées, insouciantes comme la vérité. Transcrire

Hermann, collection "Savoir", 1984. Un des grands classiques de l'esthétique chinoise.

l'évidence, c'est déjà la défaire, l'aplatir, la perdre. Mais peut-être aussi la saisir, l'attraper par un pli de sa traîne, lui soulever la jupe, la dévoiler, en faire offrande. En retour, comme son nom l'indique, elle évide le langage qui l'accueille.

Les professionnels n'ont guère besoin des mots : quand on s'engage profondément dans une voie, l'expérience se suffit à elle-même. Mais pour les amateurs, mes semblables, éternels bannis de continents dont ils explorent les côtes, le langage peut servir de carte au trésor : archipels, latitudes, forêts primitives. Les phrases nous servent d'embarcations de fortune pour remonter le cours des fleuves. L'écriture, à l'instar du taï-chi-chuan* et du piano, n'est-elle pas une expérience des limites du langage ?

L'air du large s'engouffrait dans les plis du fleuve, sous la cuisse généreuse de l'arche. Tu t'es penché vers moi, mais le film passait au ralenti et tu n'en finissais pas de ne pas m'embrasser. Or le désir montait comme un appel d'air dans la suspension du geste...

---

* Le taï-chi-chuan, à l'origine un art martial chinois, est souvent pratiqué aujourd'hui, même en Chine, de manière purement esthétique, comme une danse ou un yoga. La recherche de Kenji Tokitsu, menée à partir du karaté japonais, vise à retrouver, à travers la dimension martiale du taï-chi-chuan, son objectif premier : l'efficacité. Le sens des enchaînements de gestes ne se révèle que dans la relation à l'autre. Sans cette mise à l'épreuve, le taï-chi-chuan reste une belle forme vide.

Dans sa recherche de la forme juste, le geste est analogue à l'écriture. Car ce n'est pas seulement à la conscience réflexive que l'écriture fait appel pour trouver son axe, bien que sa participation soit indispensable dès qu'intervient le maniement du langage. Mais il n'est de réel "travail" poétique qu'au sens de la gestation, et non de l'usine.

Le mot est à l'idée ce que le geste est à la sensation : sa manifestation sensible. Les idées n'existent pas hors des mots ni les sensations hors du corps. Le mot est à la fois l'incarnation de l'idée et l'artisan de sa conception ; le geste est à la fois l'expression de la sensation et sa source. L'idée est la vibration du mot, sa résonance, sa généalogie, sa face cachée ; la sensation est l'atmosphère du geste, sa réalité invisible.

Malgré ces troublantes analogies, comme chacun sait, la carte n'est pas le territoire : l'écriture ne peut que trahir le geste comme elle trahit la musique. Lente, analytique, trop occupée de ses propres logiques pour ne pas laisser filer la plupart des poissons qu'elle voudrait pêcher. Entre le geste vivant et les mots épinglés sur la page, une part de réalité se perd, peut-être l'essentiel (l'eau de la rivière, par exemple ?). Cependant, c'est un jeu où qui perd gagne – du moins j'en fais le pari : l'effort est la fierté du désir.

2

LE FOND DU CLAVIER

Le piano n'est pas non plus une partie de jambes en l'air. Un jeu de mains, de bras, d'épaules tout au plus, une ascèse sensible limitée à l'épiphanie sonore. Rien de comparable avec la coulée des corps au mitan du lit quand ils sont longs et chauds et interprètent le désir en improvisant des spirales. A l'inverse du pianiste, dont la liberté se mesure à sa fidélité au texte, les amants ont du génie pour autant qu'ils improvisent. Mais il arrive que le piano se soumette au geste comme le temps à l'amour.

Rien à voir, donc, entre les gestes des amants accordés, lanternes d'absolu éclairant la trame des jours, et les gestes répétitifs du pianiste escaladant une Etude de Chopin. Mille fois sur le métier... Dix fois cet arpège, ce rocher, vingt fois ce *crescendo* rétif, ce pont suspendu, cent fois ce phrasé, ce saut périlleux, cette gamme en tierces, cette ascension en rappel. Et recommencer le lendemain, jour après jour, effacer les plis, recoudre les transitions, huiler les engrenages... Alléger les poignets, affirmer les contrastes, peser une sonorité en éprouvant le trajet de la touche, percevoir le passage de l'échappement, cet arrêt minuscule qui freine l'enfoncement du doigt. Surtout, chercher ce mystérieux "fond du clavier" que réclament les professeurs et qui modifie en tout point la pesée du marteau sur la corde, quelle que soit l'intensité du son.

Le plus difficile : rester au fond du clavier en jouant *pianissimo*, à la limite du silence et du son. (Le Debussy de *Voiles*...) C'est même la quadrature du cercle, l'alliage de la pesanteur et de la grâce (Botticelli !) ; mais s'il ne résout pas cette contradiction, le pianiste restera éternellement en deçà de son art. Le *pianissimo* est au musicien ce que l'extrême lenteur est au pratiquant de taï-chi-chuan. D'ailleurs, que ce soit dans la pratique du piano ou celle des arts martiaux, la technique, cette vicieuse, ne se lasse jamais d'exiger la conversion de l'impossible en évidence et de l'obstacle en tremplin. Ce qui revient, si on y réfléchit, à exiger que la souffrance se transforme en plaisir.

L'essence de la technique, c'est le *double bind* promu au rang de méthode pédagogique : l'injonction impossible. Dans l'idéal de l'archer zen, n'est-ce pas le "vouloir sans vouloir, tirer sans tirer" qui permet la juste visée ? N'y a-t-il pas, dans la haute tension des gestes de l'amour, un mélange de consentement et de refus, une résistance exigeant d'être vaincue, dût-on la réinventer sans cesse ?

"Soyez fort sans crisper vos muscles ; avancez le genou en reculant la hanche ; poussez et tirez en même temps ; pensez à ce qui relie vos pieds à votre nuque, vos mains à vos genoux ; laissez vos doigts, vos bras, remonter vers le plafond, comme dans une gravitation inversée ; alliez la souplesse et la force, la lenteur et la vitesse…" Impossible ! geint le débutant coincé dans le passage du pouce d'un arpège. J'ai mal aux cuisses ! implore le pratiquant de taï-chi-chuan après un quart d'heure d'exercices sur jambes pliées.

La technique véritable fait dire, devant les grands artistes : Comme cela paraît simple ! Sensible, sensitive, elle ne produit jamais ces gammes mécaniques qui martyrisent les voisins. A l'aide d'un système de tensions contradictoires, elle confère aux gestes leur densité. En réalité, elle gouverne sans partage pour peu qu'on lui donne son sens le plus large, car jamais elle ne sépare l'agilité de l'expression. Elle a pour mission de rappeler la difficulté de ce qui a l'air facile et de rendre facile ce qui semble difficile.

C'est elle qui se manifeste dans ce que mon cher maestro André Boucourechliev appelle le "non, non, non… oui !", et qui est un des grands secrets de l'expression musicale. "Non, non, non, je ne jouerai pas ce *mi* bémol… oui, je cède !" Enfin je le joue, je l'entends ! *(Enfin je l'embrasse !)* Technique aussi, le suspens de l'attente, le désir créé par le retard – imperceptible pour le métronome – et l'émotion qu'il procure.

Voilà comment on atteint cahin-caha quelques sommets provisoires et menacés comme tous les moments miraculeux (qu'il puisse y en avoir plusieurs, au cours d'une vie, devrait nous faire fondre de gratitude). Et chaque fois une découverte, un paysage inconnu. Quelques mesures de paradis réalisent l'union des contraires, l'envol des possibles, l'unité du souffle. L'émotion est trop forte, alors, pour passer inaperçue : que le pianiste en tire une fierté passagère, une gloriole intime, et l'émotion retombe aussitôt, ses mains se vident, il retrouve son jeu habituel, qui lui semble désormais pataud, fragile, exaspérant.

Mais il sait qu'il a une nouvelle pépite dans sa besace. Et repart en chercher une autre. Ainsi, du bout des doigts, le pianiste gravit des montagnes, mais ces montagnes sont russes, pleines de chutes et de rechutes. Dans une partition cent fois rabâchée, il atteint le point de saturation où aucun progrès ne semble possible : les poches de flou qui subsistent sont rebelles à tous les traitements. En désespoir de cause, il abandonne ce morceau. Il le stocke dans les caves de sa mémoire pianistique où sont déjà alignés quelques anciens morceaux dans un état douteux. Il laisse mûrir. Six mois plus tard, n'y tenant plus, il y revient : Cette fois je l'aurai ! Espoir illusoire : dès les premières mesures, l'état des lieux se révèle consternant. Peut mieux faire. A reprendre. A rebâtir. Plus la technique s'améliore, plus les exigences se précisent et se multiplient. La musique n'est jamais donnée : elle est le mirage de la quête. Que cette épreuve soit un plaisir, voilà la surprise. L'espoir de la nuance donne sens au labeur.

3
ORIENT INTIME

A genoux dans le petit matin blême, alignés tels des pingouins attendant la marée, le front à deux centimètres du parquet, les bras étendus en avant, mains à plat sur le sol, pouces et index joints, nous saluons la divinité du présent. Un rituel subtil nous enserre. Mal réveillés mais consentants, rivaux mais solidaires, nous sommes unis par le temps, le lieu, l'effort. Un Orient intime circule dans nos veines.

C'est la matière même que la sensation explore. Décontracter le dos, détendre les doigts de pied, contrôler la respiration, percevoir l'afflux du sang sous le crâne, le poids et la chaleur des globes oculaires, le volume souple de la langue, la courbure de la colonne vertébrale. Chasser le rêve de la nuit, cet importun. Observer l'intérieur, les viscères, les muscles, les circulations. Faire passer le souffle dans les os. Dresser l'inventaire des points sensibles, des zones engourdies, des asymétries involontaires. Sentir la caresse de l'air sur la peau, le poids des vêtements.

Prendre conscience non d'avoir un corps, mais d'être ce corps, en cet instant précis : ventre, cœur, poumons, muscles… Entre toutes ces "choses", où sont les limites ? Où finit le poignet, où commence l'avant-bras ? *(Maman, les oreilles font-elles partie du cou, oui ou non ?)* Où passe la frontière entre le ventre et la poitrine, entre le bassin et le dos ? Peu à peu, les mots perdent leur sens habituel. Comme dans une forge ils chauffent, et la fusion les transforme. Tenir, bouger, avancer, détendre, rebondir, pousser, tirer, tourner, descendre, plier… Alchimie du langage inaugurée par le geste.

Pendant des années, nous avons accompli machinalement une rotation des genoux en cercles horizontaux, pieds joints, mains à plat sur les rotules. Un jour, notre maître japonais précise que dans ce geste les chevilles travaillent autant que les genoux. Le simple fait d'y penser donne à l'existence des chevilles un surcroît de réalité qui nous rend attentifs à toutes les autres parties du corps qui participent silencieusement à l'exercice. Le lien entre genoux et chevilles renvoie au lien entre poignets et coudes. Le centre de gravité se déplace pour consolider la position des chevilles par rapport aux pieds, ce qui modifie la position du bassin, l'inclinaison du dos, la tension des épaules…

Petites causes, grands effets. Une aile de papillon effleurant l'Empire State Building peut provoquer une tempête de neige en Sibérie. Au taï-chi-chuan comme ailleurs, l'essentiel réside dans les détails.

4
L'ACCORD A VENIR

Dans la *Fantaisie pour orgue en sol mineur* de Bach, transcrite pour piano par Liszt, le premier accord évoque une étreinte précédée d'un envol. Les bras s'écartent et prennent appui sur les pentes de l'air, élargissant le dos, libérant la poitrine. Les coudes sont libres, arrondis, légers. Mais les épaules restent souples et basses. Les mains bien ouvertes (les serres d'un aigle) planent lentement sur la géométrie des touches. La forme des doigts contient déjà tout l'accord à venir. Au-dessus de la pédale, le pied droit est en attente, calé sur son talon.

Quand tout est prêt, l'aigle descend en piqué. Ou plutôt, c'est le clavier qui semble remonter vers la pulpe des doigts, comme le terrain d'atterrissage vient se glisser sous l'avion. Enfanté par le geste, l'accord jaillit de la rencontre. Mais l'apparition du son est toujours une surprise. Bonne ou mauvaise !

Que la descente soit hâtive, les doigts crispés, les poignets raides, le dos rétréci, la pensée confuse, et les notes se détachent l'une de l'autre, trébuchent, s'entrechoquent : l'accord se réduit à une juxtaposition de notes (la somme à l'addition de ses parties). Quand le geste est brisé, le son se déforme et la déception s'inscrit dans les muscles. *(Ainsi, les baisers distraits blessent sans réchauffer...)*

Si la courbe du bras est respectée, les coudes libres et la respiration calme, si les doigts s'enfoncent simultanément jusqu'au fond du clavier comme dans une pâte, précision et sensualité se confondent et la musique apparaît comme une émanation, un aspect de la beauté du geste. Du point de vue du pianiste, on ne peut dire que la musique soit le but du geste, non plus que l'inverse. Le son et le geste sont concomitants, identiques, indiscernables. Un subtil supplément de poids versé dans les doigts extrêmes fournit à la fois l'assise de la basse et le point de départ de la mélodie. Les racines et le ciel.

Dès lors, relié à ce qui le précède et le suit, le geste se remplit de musique et devient courbe, comme l'univers. Il peut ainsi rebondir et durer, tandis que sa forme mobile dessine dans l'espace un contrepoint visuel à l'aventure sonore. La beauté du geste rend le temps visible.

5
LE POIGNET LIBRE

Dans le dojo*, un matin de novembre. Comme tous les lundis et mercredis à 9 heures, nous sommes là, fidèles au poste, malgré les embouteillages, les courbatures, les gueules de bois, les envies de se recoucher jusqu'à midi. J'aurais bien ri, il y a dix ans, si on m'avait dit que je serais un jour capable de m'astreindre à une telle discipline. Je n'ai aucun goût pour les habitudes. Les emplois du temps réguliers m'assomment, et dîner à heure fixe. Le temps des horloges m'apparaît comme un corset mal ajusté. Mais ici l'assiduité aux cours est une conquête parmi d'autres. Nous ne pensons plus à "sécher" et arrivons même dix minutes à l'avance.

L'odeur est un peu rance, mélange de vieille sueur et de bois ciré. Quelqu'un entrouvre le vasistas. La lumière, filtrée par les stores, n'a pas encore la blancheur glacée de l'hiver. Elle glisse sur les lattes du parquet comme le reflet de la lune sur l'eau. Ainsi doit être l'esprit du combattant... *(Je pense à un long filet de lumière sur le fond noir de*

---

* Terme japonais désignant la salle d'exercices.

l'océan. Le reflet de la lune est indifférent au clapotis. Une mère appelle ses enfants, enlevés par des bandits... Son cri, répété comme celui d'un oiseau perdu, traverse tout l'univers sensible. Dans le rayon d'argent, une barque calligraphiée par le soir avance sans bouger.)

Dans la cour pavée du vieil immeuble, le chien de la concierge s'est mis à aboyer par saccades furieuses. Le plus dur, c'est d'enlever les chaussettes. Reprendre contact avec le sol frais, les pieds bien à plat. Déplier la carcasse rouillée dans le matin flou. Détendre les articulations. Assouplir les épaules. Sentir, sous la chair engourdie, la résistance concrète de la gravité.

Après la cérémonie du salut, qui est déjà une mise en condition physique, Kenji Tokitsu annonce dans un murmure : *"Ri tsu zen* !"* La torture recommence. Pas une fois, depuis un an, il ne nous en a fait grâce. Nous prenons place pour la traversée du désert. La mémoire n'intervient pas dans cette épreuve qui consiste à se tenir debout, immobile, pieds légèrement écartés, jambes à demi pliées, dos droit, tête haute. Rien de spectaculaire,

---

* Terme japonais signifiant le "zen debout". Issu du bouddhisme chinois (le *chan*), le zen est à la fois un mode d'appréhension du monde et une discipline méditative visant au perfectionnement de soi. La méditation ne se limite pas à la position immobile : elle peut avoir lieu au cours d'une séquence gestuelle quelle qu'elle soit, pourvu qu'elle soit ritualisée et conforme à la règle.

rien de bien terrible, surtout si les genoux restent à peine pliés. Mais les bras, eux, sont levés et forment devant la poitrine un cercle magique.

Bientôt les battements du cœur s'accélèrent, les épaules se crispent. Alerte ! Détendre les épaules ! Ralentir le souffle ! Bien entendu, c'est le plus difficile : le contraire de ce qu'on fait instinctivement dans l'effort. Peu à peu le calme revient, les épaules s'abaissent de quelques centimètres et les bras s'allègent aussitôt : la force qui les soutient afflue directement du ventre. Les muscles n'y sont pour rien, ou presque. Tout l'édifice repose sur son centre. Les mains s'élargissent, prennent appui sur l'espace. Le dos s'allonge, les jambes semblent s'enfoncer dans le parquet, y prendre racine.

"Imaginez que votre image se reflète dans le sol, sous vos pieds." Dociles, nous tentons d'imaginer ce double fantomatique, petit bonhomme accroché à nos semelles, tête en bas vers les antipodes. Nous pensons avec étonnement que la terre est ronde. La plante de nos pieds devient une paume, ultrasensible à la fraîcheur du bois, à la sensation d'exister. Des racines en forme de jambes poussent sous nos pieds. Nos mains, paumes retournées vers le bas, semblent s'appeler l'une l'autre en prenant appui sur l'air, dont la consistance s'épaissit à chaque instant. *(Où commence le ciel, déjà ?)* La poitrine se creuse légèrement, sans altérer l'angle formé par le haut de la cuisse et la naissance de l'aine. La main est reliée à l'avant-bras par un poignet souple qui laisse circuler les sensations.

Le poignet doit être libre et léger : "conducteur", au taï-chi-chuan comme au piano, ou dans l'acte de peindre selon Shitao, le moine Citrouille-amère* : "Si l'on ne peint d'un poignet libre, des fautes de peinture s'ensuivront ; et ces fautes à leur tour feront perdre au poignet son aisance inspirée." Pour le peintre, le poignet libre signifie que la main est levée, sans autre point d'appui que l'espace. "Les variantes du poignet permettent des effets d'un naturel plein d'abandon ; ses métamorphoses engendrent l'imprévu et le bizarre ; ses excentricités font des miracles, et quand le poignet est animé par l'esprit, fleuves et montagnes livrent leur âme." Le poignet est la dernière articulation à travers laquelle doit circuler l'énergie lancée par le centre du corps vers la main. Le dernier goulet d'étranglement.

Même si le reste du corps se laisse traverser des pieds à la tête par les sensations, un poignet crispé suffit à faire barrage et à briser l'harmonie du geste. Que le poignet se libère, et la porte s'ouvre : désormais, l'ensemble du corps est unifié à la manière d'un sac rempli d'une eau lourde. La circulation n'est pas limitée par la peau : l'air aussi est devenu liquide, et la sensation se prolonge dans l'espace maintenu vide par l'écartement des mains.

S'installer dans la posture est déjà tout un travail. Sans cesse, il faut la rectifier par petites touches, au millimètre près : remonter les coudes, creuser la pliure des genoux, vérifier l'écartement des pieds,

---

* *Op. cit.*

leur symétrie, détendre les épaules encore et toujours, élargir le dos, allonger la nuque, et tout cela sous le contrôle souverain du centre de gravité, aussi stable qu'un roc dans une mer tourmentée.

Ces corrections incessantes font de l'immobilité une terre promise. Elle est à l'art martial ce que le silence est à la mélodie : vivante, vibrante, animée de résonances, de mouvements potentiels. Battements de cœur, respiration. Le silence du dojo est plein de souffles, chants d'oiseaux, rumeurs, aboiements, gargouillis de plomberie. Plus nous nous figeons et plus cela s'agite à l'intérieur. Le cœur s'affole, les muscles protestent, chaque zone du corps râle selon son génie propre.

Une tiédeur nous envahit. Solidaires, ennemis, voisins de poteau d'exécution, nous nous sentons unis dans une sorte de stoïcisme résigné qui nous oblige à tenir bon. Cinq, dix, quinze minutes. Il ne bouge pas. Nous non plus. Jusqu'où veut-il nous emmener ? Surtout ne pas regarder la pendule en espérant capter le bond de l'aiguille des minutes ! Le temps s'est arrêté.

"Soudain, comme sortant du néant, des états d'âme, des sentiments, des souhaits, des soucis surgissent en un mélange incohérent", écrit E. Herrigel*. Comment oublier où nous sommes, éluder ce défi ?

---

* Le petit livre de ce philosophe allemand, *Le Zen dans l'art chevaleresque du tir à l'arc*, raconte son initiation au tir à l'arc avec un maître japonais. Préface de Daisetz T. Suzuki, Dervy, 1987.

Tout est bon pour favoriser l'évasion. Un rendez-vous à prendre, les courses à faire, les géraniums (il leur faut de l'engrais), le souvenir d'un baiser, la déclaration d'impôts. Même sur place, du coin de l'œil, on trouve des distractions. "Tiens, C. a encore gardé ses chaussettes, elle risque de glisser." Les autres sont pieds nus, on voit les poils des phalanges. "Tiens, la nouvelle n'a pas compris la position du pied droit. Ce n'est pas difficile, pourtant, de rapprocher un peu les orteils…"

Vagabondages. Renifler, se moucher, ajuster son tee-shirt, rejeter une mèche de cheveux en arrière, observer le voisin : chaque parenthèse de l'attention devient un événement, un piège à rêves. Une hémorragie de la pensée précède le silence, cet enfant qui grandit. Toujours immobiles dans la clarté austère du matin, nous franchissons des abîmes, escaladons des pics, explorons nos viscères, tandis que la longue litanie du souffle nous traverse. Peu à peu, l'air devient consistant : dans ce monde ralenti, les postures s'enchaîneront tout à l'heure en un savant continuum, quand il nous sera enfin permis de passer de l'immobilité à la lenteur, de transmuer en gestes l'énergie accumulée par l'attente.

Odeurs. Chaleur. Inspection générale. Léger recul du bassin, recherche du centre. Invisible mais déterminant, le centre de gravité est la fondation du geste. Tel un socle mobile, il lui permet de se maintenir en perpétuel déséquilibre, c'est-à-dire de danser. Je m'applique au remplissage mental de l'espace délimité par mes bras recourbés : mes mains remontent un peu, à la hauteur du visage. ("Ne jamais négliger la protection du visage !") Voilà que cette mise au point technique fait surgir une sensation nouvelle : devant la poitrine, le cercle magique se met à gonfler, comme s'il y avait là, en effet, un grand ballon de plage que l'on pourrait serrer dans ses bras. Sur la poitrine, on perçoit nettement la rugosité rafraîchissante du plastique humide. On sentirait presque des grains de sable frotter sur la peau. Il peut se passer des mois, des années, avant que le ballon ne se manifeste.

Les images mentales sont imaginaires, mais leurs effets sont réels. Première fenêtre, premier indice. Comme l'écrit Shitao : "Un voyage de mille lieues commence à vos pieds." L'apparition du ballon de plage n'est qu'une nouveauté timide, qui annonce des paysages, des pensées, des forces inédites. Ainsi, après un long périple rempli d'épreuves, la vigie de Colomb aperçoit un bout de presqu'île, une ombre à l'horizon. L'exploration révélera la vérité de ce qui n'est encore qu'une tache sur la rétine du voyageur : un continent.

Le nouveau monde dont l'existence nous est révélée par la sensation du ballon de plage est tout intérieur, contenu en nous-mêmes. Mais inexploré, comme le furent les Amériques. Existait-il déjà avant d'apparaître à travers la sensation, cette abstraction si concrète ? Toute la question est là : comment "reconnaître" une terre inconnue, une sensation jamais éprouvée ?

Qui a pratiqué les arts martiaux sait qu'ils font appel à une part intime de l'être que les Occidentaux ignorent souvent. Pourtant, quand surgit un beau jour la sensation du *tanden* – ce foyer d'énergie lové au creux du ventre, entre le nombril et le sexe –, nous le "reconnaissons" : quelque chose dont nous n'avions jamais fait l'expérience nous est "rendu". Une plénitude inconnue mais familière comme un déjà-vu. Les mollets, la poitrine, les épaules, le visage : chaque région du corps participe de cet élan vers l'unité.

Je me réchauffe, je m'alourdis, je m'installe. C'est bien ici que j'avais rendez-vous avec moi. Je reconnais le relief, la végétation, les couleurs. Pourtant, je n'avais jamais visité ce pays. Ce n'est pas un moindre paradoxe que cette mémoire qui nous relie de l'intérieur aux anciens maîtres chinois*. La question est troublante. Comment ne pas s'étonner à l'idée non seulement de reproduire les gestes mais d'éprouver les mêmes sensations que les guerriers mythiques du XVe siècle aiguisant leur ascèse dans un obscur couvent peuplé de moinillons ? Qu'une telle rencontre puisse se produire suppose l'existence d'un universel de ce qui relie l'esprit au corps. S'il nous est possible (les

---

* Les enchaînements de taï-chi-chuan enseignés dans l'école de Kenji Tokitsu (appelée "Shao lin mon", qui signifie "la porte de Shao lin") sont pour la plupart des interprétations de formes issues du célèbre monastère chinois Shao lin où fut inventé le taï-chi-chuan.

jours fastes, à notre manière imparfaite) de faire l'expérience de ce *tanden* importé directement de la Chine immémoriale comme d'un centre gouvernant notre corps, si nous pouvons "reconnaître" cette réalité comme étant la nôtre, c'est que nous avons, les Chinois et nous (et la sainte Famille !), quelque chose en commun, qui transcende les différences historiques. Sans doute une sorte de mémoire silencieuse et secrète, un en deçà de la culture qui se joue des frontières temporelles et spatiales. Cette mémoire qui se passe des mots n'en est pas moins pleinement humaine, car elle ouvre à la création.

Dans le dojo, imiter le maître, c'est déjà se souvenir de ce que l'on ignore. "On conçoit un souvenir comme on conçoit une idée et comme on conçoit un enfant", écrit Henri Atlan[*] à propos des rites juifs. "Ce dont il s'agit en fait, c'est de faire vivre un souvenir, non pas au sens de le faire revivre, mais de le concevoir et le faire naître à la vie, le féconder pour en faire sortir une pousse." La mémoire active vient de l'avenir : elle est extraite, comme le germe fécondé, de l'infini des possibles.

Tout d'un coup, quelque chose vibre à l'unisson : souplesse et puissance, élan et précision... La distinction entre l'immobilité et le mouvement – le

---

[*] "La mémoire du rite : métaphore de fécondation", in *Mémoire et Histoire*, textes présentés par Jean Halperein et Georges Levitte, Denoël, 1986.

passage du *ri tsu zen* à l'enchaînement de gestes du taï-chi-chuan – s'estompe jusqu'à devenir impalpable comme le démarrage d'un train ou le déclin du crépuscule. Rien n'est plus surprenant, au début, que cette incarnation de la pensée dans une sensation, cette mutation de l'image mentale en densité charnelle.

La matière se met à rêver. Le ballon de plage est d'autant plus présent qu'il est absent. L'air s'épaissit, le vide se remplit. Le mouvement paraît presque impensable, tant l'atmosphère est dense. Il suffirait alors, on le sent, de *lâcher*, pour que le ballon tombe, pour que le geste soit. Le coup de poing, la parade ne seraient plus, dans le meilleur des cas, qu'un abandon (contrôlé, c'est tout le problème !) à la poussée interne, une flamme jaillie de la braise. Cet excès de réalité créé par la concentration de l'esprit et la docilité du corps a quelque chose d'effrayant. A peine l'a-t-on perçu qu'on s'en éloigne déjà, qu'on l'oublie, le refuse, le renie. On se demande vaguement : Quel est ce délire ? Que suis-je venue faire dans cette galère ?

Ce n'est pas seulement l'effort physique que l'on rechigne à fournir. C'est l'effort mental, l'exclusion des pensées latérales. Dans le taï-chi-chuan, le travail de l'esprit est inséparable du corps en action. Impensable, dans cette perspective, le morne jogging sur un tapis roulant, l'œil rivé sur un clip projeté en boucle à la télévision. Ce qui provoque la fuite devant la sensation nouvelle, c'est d'abord sa nouveauté même, étrange, inquiétante.

C'est aussi la mobilisation intime, la vigilance qu'elle implique. La maîtrise du geste suppose un contrôle des pensées, une interruption du monologue intérieur que nous confondons si souvent avec notre identité, en oubliant la révélation du silence.

Certains jours, il faut l'avouer, l'apparition du ballon de plage ne compense nullement l'effort insensé que représente le fait de rester planté là sans rien faire, alors qu'il serait tellement plus agréable de lire un journal, de prendre un bain ou de jouer du piano ! (Le piano fait souffrir aussi, mais autrement, de façon moins physique, par la qualité d'émotion qu'il exige.) Tous les prétextes sont bons pour échapper au supplice de l'effort. On y revient cependant, par nécessité, comme vers une maison dans le noir.

Prendre conscience de la sensation est en effet la seule manière de conjurer l'ennui et de transformer la douleur musculaire en plaisir. Pendant l'un de ces interminables *ri tsu zen*, à moins de renoncer, ce qui serait humiliant, il n'y a pas d'autre choix que de jouer le jeu : accueillir le ballon de plage et ses virtualités concrètes. Faire naître cette chimère, ces grains de sable humides sur la peau, cette élasticité rebondie, cette fraîcheur, ce volume chaleureux. Et, du même coup, arrondir plus gracieusement les bras, tenir les mains plus fermement, sans les crisper, doigts autonomes, poignet relié à l'avant-bras, se camper plus solidement sur les jambes. Faire de son corps un piano silencieux…

Au loin, derrière le boulevard, on entend les cloches de Saint-Thomas-d'Aquin. Elles ont le timbre lourd et majestueux des voix de basse dans Mozart, avec des harmoniques égrenées vers l'aigu. Je remonte un peu les bras. *Un oiseau chante : je le connais depuis mon enfance. Je l'entendais par la fenêtre du premier étage. Il est toujours là, fidèle, à point nommé, dans la rayure du ciel, à la jointure des arbres et du temps. Le même oiseau, je le sais aujourd'hui.* Depuis quelques jours, un printemps précoce répand sur Paris sa grâce imméritée. L'oiseau fait vibrer le cristal de l'instant et une éphémère euphorie me traverse. Ferveur de la mémoire ranimée dans l'à-plat du présent.

Le parquet expose sa géométrie placide. La plante de nos pieds s'enfonce dans le parquet luisant, s'y incruste. La surface du sol s'anime. Nos sensations ne sont pas limitées à notre corps : elles s'étendent à l'espace qui nous sépare des voisins, ces chers rivaux solidaires ; puis au dojo tout entier. Le plancher devient un miroir : tête en bas vers le centre de la terre (encore le centre !), notre double se suspend à la plante de nos pieds dans l'infini du reflet. Vertige.

6
SHANGRI-LA

Je ne sais où je vais, mais je vois que déjà le paysage a changé : la montagne n'est plus une nuée bleue. L'Etat du Colorado se partage du nord au sud selon une parfaite verticale : d'un côté la morne plaine de l'est, interminable et sinistre, de l'autre la masse superbe des Rocheuses, les Alpes des Américains. Le regard porte loin, à travers les platitudes désertiques qui environnent la cité de Denver, et la montagne est partout visible. Mais elle n'est, à cette distance, que l'ombre d'elle-même, une immense ombre bleue aux contours indistincts : on dirait que la terre, là-bas, relève la tête comme une femme ensommeillée prend appui sur son coude. La lumière lui fait une chevelure en cascade.

On les voyait de partout, les Rocheuses. On disait *the Rockies, the Rocky Mountains*. Elles hantaient les rêves des habitants du monde d'en bas. J'ai passé dans mon enfance beaucoup de soirées, sur le *back porch* de la maison Shriver, alors que les étoiles s'allumaient en silence, à regarder cette forme vénérable se dissoudre à l'horizon. Ce que j'ignorais alors, c'est que la douceur de ce bleu était un trompe-l'œil.

Un jour, on prit la voiture pour aller pique-niquer dans les Rockies. J'imaginais de grandes dames taillées dans la pierre et portant des chapeaux. Mon grand-père conduisait sa Buick avec un respect majestueux, en sifflotant. C'était sa manière de ronronner. Je n'ai jamais entendu personne siffloter comme lui, de l'intérieur : la bouche entrouverte, il modulait le passage de l'air entre sa langue repliée en pétale de tulipe et sa voûte palatale. C'était machinal et presque inaudible. J'ai hérité de ce talent et l'ai transmis à ma fille. On peut siffler n'importe quelle chanson de cette façon.

La Buick était verte, avec des pare-chocs un peu rouillés. Quatre personnes tenaient à l'aise sur le siège avant. Sur le tableau de bord, une boussole sphérique faisait trembloter ses aiguilles : dans ces contrées géométriques, les points cardinaux gouvernent les moindres déplacements. On prit des *highways*, puis on fila tout droit vers la nuée bleue. J'allais toucher la montagne, me vautrer dans l'azur. Je retenais mon souffle en regardant filer les McDonald's *(6 billions sold)*, les Denny's et les stations-service.

J'avais déjà vécu une grande déception, dans l'avion qui venait de Paris : on montait si haut, si vite, qu'on allait toucher le ciel, toucher le bleu. Mais non, le ciel n'était pas au rendez-vous, il n'y avait que de l'air, le ciel était beaucoup plus haut, inaccessible, et le bleu s'étalait comme un dôme, une robe d'infini faite à la terre.

Bientôt, la route se mit à grimper, à dessiner des virages. En contrebas, une rivière transparente rebondissait sur les galets qui tapissaient son lit. L'eau, à peine plus visible que l'air, lançait de minuscules éclats de lumière. Des sapins aux branches basses se penchaient vers nous de l'autre côté de la route.

Mais où était la nuée bleue ? Où étaient les Rockies ? Je ne voyais que des tonnes de croûte terrestre exhumées par l'enfer, et dans ce chaos géologique des torrents cristallins, des fleurettes, des marmottes. L'altitude exalte l'euphorie provoquée par la rareté limpide de l'air. Autour des villages de pionniers reconstitués, des trains à vapeur bourrés d'enfants et de touristes mangeurs de pop-corn bramaient à flanc de colline.

A ma grande surprise, je compris que c'était là. Nous y étions. *Nous y sommes.* La nuée bleue n'existe plus : les Rockies ne sont qu'un fragment du monde habituel, une juxtaposition de choses, cette pierre en forme de banc placée au bord de la route, ce ravin feuillu, ce vert intense, ce gris, cette lumière normale, ces truites dans la rivière. Et non cet ailleurs radical, ce Shangri-la* que mes yeux d'enfant avaient imaginé. Le bleu qui les masquait s'est évaporé, enfui, dilaté aux dimensions du ciel.

Ce jour-là, il a fallu tout recommencer : réinventer les Rockies, apprendre à voir la beauté dans la platitude du réel ordinaire. Heureusement, comme l'a écrit Edmond Jabès, "l'intérieur de la pierre est

---

* Le fabuleux monastère où le temps ne passe pas, dans le roman de James Hilton, *Lost Horizon*, 1949.

écrit". J'ai regardé, essayé, appris, fait quelques pas vers l'intérieur des choses. Mais je n'ai jamais cessé de chérir l'illusion, de vouloir toucher la nuée bleue cachée autour de la roche. Et caresser le profil de la montagne.

Le chemin vers la montagne du taï-chi-chuan est long et mystérieux : ses courbes sont voilées par l'avenir. Au cours de l'ascension, le paysage se transforme : plus vaste, plus clair. Lumières, couleurs, trouées d'infini, obstacles imprévus. Ce qui était lointain se rapproche. Ce qui semblait difficile paraît simple, ce qui semblait facile devient problématique. Mais le chemin tourne encore, et de nouveau les évidences s'inversent, les questions se déplacent.

En général, on s'engage naïvement dans cette aventure, avec une certitude quant au but à atteindre. Devenir beau et fort (ou le rester), apprendre à se défendre, lutter contre l'âge, le mal au dos, les lourdeurs dans les jambes. Et il est vrai qu'une pratique régulière permet de réaliser ces vœux pour une large part. On ne connaîtra jamais le montant des économies réalisées par la Sécurité sociale grâce à la pratique régulière d'une discipline asiatique telle que le taï-chi-chuan ou le yoga. On sait que les danseurs sont sujets à l'arthrose après trente-cinq ans, comme les joueurs de tennis à la tendinite et les joueurs de football aux claquages musculaires... Dans la plupart des sports occidentaux, la trentième année annonce le commencement de la fin. L'ancien champion s'achemine vers un délabrement réputé inévitable. Il renonce à son art, s'empâte, s'installe dans le commerce…

L'espoir éveillé par les arts martiaux tient en partie au grand âge de ses maîtres. Dans tous les récits légendaires concernant les maîtres chinois ou japonais, on trouve au moins une scène illustrant leur invincibilité à l'approche de la mort. Dans les pratiques dont le but n'est pas de dominer l'autre mais de se surpasser soi-même, il est logique que le progrès ne cesse jamais. Simplement, il infléchit sa courbe quand le corps se transforme. Plus le maître avance en âge, plus il fait appel à la force intérieure qui compense largement la vigueur musculaire. Or, cette progression vers l'intériorité, en évitant de demander aux muscles de faire tout le travail, contribue à préserver les articulations et à renforcer le cœur. Maladies cardiovasculaires, troubles respiratoires, maux de dos, fièvres, douleurs locales : sur toutes ces affections, la pratique d'un art martial a un effet direct. Mais le phénomène est plus général : en rétablissant des circulations coupées ou freinées, en reliant les différentes parties du corps, elle améliore aussi l'humeur et l'état général. Bientôt, l'attention à la justesse des mouvements déborde sur la vie quotidienne. De plus en plus de gestes sont accomplis en conscience. Et comme la machine-corps est surprenante, ainsi travaillée ! Ces jambes solides, ces bras libres, ce torse assoupli…

Par ailleurs, une sensibilité singulière aux inconforts locaux se développe : une raideur de la nuque, une position inconfortable, une migraine… Aussitôt, la conscience se mobilise et cherche une solution, un moyen de traverser ce carrefour encombré. Visiter en pensée la zone à risque, décrisper, détendre, s'étirer, ne pas oublier la relaxation des épaules, la tenue de la tête… Il est rare que ces mesures de sauvegarde, prises assez tôt, ne soulagent pas ces crispations anxieuses. Chacun fait à son heure de ces petites découvertes thérapeutiques qui confirment la solidité du chemin.

Pendant ce temps, le but se dérobe, se déplace à chaque ondulation du sentier, comme le bleu des Rockies. Estompé par la plénitude du présent, il disparaît dans l'avenir. Les grands marcheurs le savent : après quelques heures d'effort, ils atteignent un état paradoxal où la marche devient la condition naturelle du corps, où le mouvement devient un état. Il n'est plus question alors d'aller vers le point d'arrivée, le refuge, le bol de chocolat. Le mouvement se suffit à lui-même, et c'est la longueur du trajet qui en fait le charme. Après avoir beaucoup marché, les pieds trouvent de confiance la position la plus stable et la cadence la plus juste, compte tenu du terrain ; leur mouvement entraîne les jambes qui font onduler le bassin. Le balancement des bras rythme l'avancée générale. La régularité des pas confine à l'immobilité. Le marcheur éprouve un peu la sensation de flotter, tant le bas de son corps est solide, tandis que sa poitrine avance selon un tracé rectiligne, une note tenue que l'alternance des jambes et des bras magnifie sans altérer. La respiration unifie le tout. (Elle est à la marche ce que le tempo est à la musique.)

L'instant devient l'aune de la durée. Quand il atteint ce degré de précision, le marcheur est rendu disponible pour ce qui l'entoure : pensez, il n'en perd pas une miette ! "Tiens, cette feuille dont les bords sont déchiquetés. Ce rocher, là-bas, n'a pas l'air stable. Ce sont des petits détails qu'il faut remarquer pendant l'escalade. Il est vain de marcher vers quelque but trop lointain. C'est à fleur de montagne que se développe la vie, et non au sommet. Mais s'il n'y avait pas de sommet, il n'y aurait pas de pentes... Nous ne sommes pas pressés*..." Le chant des oiseaux, la lumière qui multiplie les nuances, les pâquerettes, les terriers, les nuages... Il voit, il entend. L'automatisme de la marche le libère de son corps, de ses gestes. Il n'y pense plus. Il se contente d'aller. Il ne cherche plus à résoudre l'énigme de la montagne. Il regarde devant lui, cela suffit. Il avance.

Vers quelle destination ?

Vers le corps qui marche tranquillement de l'autre côté du miroir, le corps jumeau des antipodes.

---

* Robert Pirsig, *Traité du zen et de l'entretien des motocyclettes*, Le Seuil, "Points", 1978.

7
L'ANNEAU DE SATURNE

Nos gestes sont ce que nous avons (ce que nous sommes) de plus intime. Souvent, nous n'y pensons même pas : ils nous accompagnent et nous portent au fil de la vie, trop proches pour devenir conscients, témoins silencieux d'une réalité intérieure dont l'obscure présence soutient notre conviction d'exister.

L'habitude tresse un réseau protecteur, un mode d'emploi du corps et des objets qui nous permet d'avancer sans trop de catastrophes à travers les mille dangers quotidiens : s'habiller, se laver, éteindre le gaz, vider la baignoire, fermer la porte à clé, balayer la rue du regard avant de traverser, descendre les marches du métro, sourire à un visage connu. Parmi les milliers de gestes accomplis au cours d'une journée, seuls quelques-uns nous restent en mémoire : ce sont en général ceux qui échappent à l'habitude, les pas de côté, les impulsions, les ratés, les premières fois.

Pourtant, je n'ai pas oublié l'émotion de J., de retour dans la maison de son enfance, au moment de tourner la poignée de la porte-fenêtre donnant sur la terrasse : le pêne était grippé comme autrefois, vingt ans avant, et en tournant la poignée il s'est surpris en train d'éviter un clou qui dépassait et n'avait pas bougé pendant tout ce temps. C'est dans la sensation retrouvée de cet évitement familier, répété des milliers de fois, dans cet appui sur la poignée pour ouvrir la porte, qu'il trouvait enfin la certitude, la réalité intime de son retour. La mémoire des gestes habituels est une métaphore du pays natal.

Entre-temps, la vie s'est déroulée : fastes, extases, chagrins. Tout a changé : les pays, les lumières, les mots. La royauté de l'enfance s'est muée en nostalgie, en deuil du paradis perdu, en reniement. Et le clou est resté planté là, immuable, intact, dans la serrure d'une porte-fenêtre. Pourtant, le clou évolue, lui aussi, à l'échelle géologique : la sensation d'altérité entre la personne et le clou vient de l'ampleur du décalage entre les temporalités. Un jour, la porte-fenêtre tombera en morceaux, le clou fiché dans le sol se mettra à rouiller. Cent millions d'années plus tard, il n'en restera qu'une petite tache rouge dans un désert sablonneux. Sommes-nous concernés par l'espérance de vie du clou ?

L'inquiétante étrangeté qui nous trouble chez les animaux vient aussi de ce décalage dans le temps : un chat ne peut vivre que jusqu'à dix-neuf ou vingt ans. Combien de fois mes enfants ont avidement calculé l'âge théorique de Maïa, de Rêve ou de Fifi en multipliant par sept le nombre de leurs années ! Ce fut sans doute leur plus intense curiosité arithmétique. Il nous semble que les instants devraient être vécus d'autant plus intensément qu'une destinée est plus courte. Pourtant les chats passent leurs journées à dormir ! (Il est vrai qu'en pleine nuit ils font la sarabande…)

Dans les situations ordinaires, nous effectuons automatiquement des évaluations de ce genre : les pivoines tiendront bien encore deux ou trois jours, le cerisier fleurira au printemps, cette carte postale tombera en poussière bien avant cette statue en bronze, quand l'un de nous deux mourra je me retirerai à la campagne – et "le premier qui s'endort réveille l'autre" ! De multiples temps nous enserrent et nous parlent. Nous évoluons dans ces décalages perpétuels comme des poissons dans l'eau : sans même y songer.

L'écriture est d'abord un outil pour augmenter l'espérance de vie de la pensée. Un moyen de "communication", certes, mais entre des points différents du temps. Un message du passé adressé à l'avenir, et vice-versa : du silence de l'avenir au tumulte du passé. Car nous voyons bien que le présent est responsable du passé (plus encore que de l'avenir ?), ne serait-ce que dans la mesure où il le filtre et le construit sans cesse avec ses propres matériaux. Jean Bottero l'explique* : la première

* Cf. *Mésopotamie. L'écriture, la raison et les dieux*, Gallimard, 1987.

écriture sumérienne semi-pictographique est un aide-mémoire, une sorte d'agenda, fait pour rappeler à ceux qui l'ont vécu un événement mémorable, la vente d'une cargaison d'huile ou un changement de dynastie. A ce stade de l'invention, seul celui qui s'en souvient peut reconnaître le passé dans les signes qui le représentent. Ce n'est que beaucoup plus tard, affinée et simplifiée, parfois alphabétisée, que l'écriture devient assez abstraite pour évoquer l'inconnu, décrire le lointain et l'imaginaire, le sentiment, le divin. Si notre destin n'est rien d'autre que notre situation dans la trame historique, l'écriture est une tentative pour transcender le destin. Elle sert de boîte postale entre les moments du temps, de contrepoids à la durée.

Mais les gestes donnent au temps sa forme, et donc son volume et sa permanence. C'est à la Renaissance, explique Rainer Maria Rilke dans l'un de ses textes sur Rodin*, que "le grand art plastique trouva le secret des visages et le grand geste qui était en croissance". Rilke dit que Rodin cherchait à capter ce geste qui roule d'âge en âge à travers le fleuve de l'humanité et s'élance dans l'avenir : au fil des temps, au lieu de vieillir, de se faner, le geste rajeunit, devient toujours plus vigoureux. Voilà pourquoi les statues de Rodin sont si puissantes : "Le rêve lui monte dans les mains." Rilke observe les gestes de Rodin, burin en main (effleurements, attaques, martèlements),

* *Op. cit.*

et voit que Rodin prend la suite de ses ancêtres, qu'il ses gestes sont reliés à ceux de Praxitèle et de Michel-Ange et qu'ils forment à eux tous (ces myriades de gestes !) une longue arabesque inscrite dans l'espace-temps des œuvres. "Ce corps ne pouvait pas être moins beau que celui de l'Antiquité, il fallait qu'il fût encore plus beau. Pendant deux millénaires de plus, la vie l'avait gardé entre ses mains et l'avait travaillé, ausculté et martelé jour et nuit…"

Ainsi les mots contenus dans les livres sont-ils reliés entre eux par la longue chaîne des pensées. Pour Rilke, écrire, c'est sculpter le langage, mais de l'intérieur. En l'occurrence, les gestes sont équivalents : tout est bon pour écrire, du calame du scribe à mon cher Macintosh en passant par la plume d'oie et la Sergent-Major. L'image du scribe a une allure folle et les nostalgiques du stylo-plume sont touchants mais, personnellement, je préfère le geste le plus rapide, qui est aussi le plus docile : dans l'écriture, contrairement à la sculpture, le geste n'est pas en contact direct avec le sens. Le matériau abstrait du langage ne se laisse pas toucher. Malgré l'émotion que procurent les autographes, un poème n'est pas moins beau parce qu'il est griffonné au stylo-bille sur une nappe de restaurant ou imprimé sur un mauvais papier. On a beau tailler ses crayons et choisir un vélin onctueux, le sens reste séparé de son support graphique par une zone de vide, un saut, un interstice. C'est sans doute cette fracture que réduit l'art du calligraphe chinois

– mais en tant qu'il est de même nature que l'art du peintre. "Bien que la peinture et la calligraphie se présentent concrètement comme deux disciplines différentes, leur accomplissement n'en est pas moins de même essence*."

Apollinaire se voulait calligraphe. Et Rilke enviait Rodin de travailler en direct dans la matière vive. Il rêve de "beaux fragments authentiques de langage ornés dans leur masse". Fièrement, il écrit au sculpteur : "Je sais maintenant faire des hommes et des femmes, des enfants et des vieillards." Comme si, à l'horizon de l'art, se trouvait un point fixe où il serait possible de toucher le sens des mots, de caresser la beauté, d'empoigner le cœur battant du marbre.

Nous savons, nous sentons, que dans notre univers tous les objets sont en contact. C'est la vieille histoire de l'aile du papillon. Du Colorado à la rue du Pré-aux-Clercs se déploie une longue chaîne de molécules accolées, roulant l'une sur l'autre à travers l'océan et ses tempêtes, la chair friable des champs, l'asphalte, le béton, les arbres, les statues de Rodin, mon piano, le sous-continent indien, tous les objets hétéroclites dont l'assemblage hasardeux constitue le corps du monde et parmi lesquels nous faisons niche avec l'insouciance des enfants que nous sommes. Dans ce désordre, nous cherchons des lois, des symétries, et nous les trouvons

* Shitao, *op. cit.*

puisque tout y est : elles font même tourner les machines.

Ce travail de rencontre et de description ne se soutient que de la tranquille certitude de la continuité matérielle des objets : de leur réunion par contiguïté et juxtaposition. Nulle métaphysique dans ce constat : pour nous autres mortels, la matière se définit par le fait qu'elle forme un tout. Ce savoir abstrait est sans effet sur la douleur de l'absence, mais il restaure la densité de l'être.

Dans ce continuum matériel, les gestes apportent des formes, des logiques, des limites : ils sont la signature apposée par le vivant sur le monde. "Les pieds peuvent pleurer !" écrit Rilke, contemplant *Les Bourgeois de Calais* sculptés un par un dans le bronze d'une douleur sans phrases.

Il se peut que l'inconscient soit structuré comme un langage, mais il abrite aussi les inscriptions silencieuses faites dans le psychisme par les gestes, ces dépôts actifs qui rayonnent jour et nuit dans nos organes. Le fait de rester silencieux ne fait pas taire le langage qui continue à travailler en secret. De la même façon, à moins d'un coma profond, le fait de rester immobile ne détruit pas le geste, qui est toujours latent, présence embryonnaire du mouvement dans le corps vivant. "Il n'est pas impensable que le geste nous offre une voie d'accès secondaire à une autre forme d'inconscient plus archaïque*."

* Boris Cyrulnik, *Mémoires de singe et paroles d'homme*, Hachette, "Pluriel", 1983.

Un savoir parallèle à celui qui relève du langage est transmis de génération en génération par la chaîne signifiante des gestes, des soins maternels aux explorations amoureuses. Accomplir, même grossièrement, un *kata** de taï-chi-chuan, c'est se relier, par-delà les siècles, au corps agile des moines de Shao lin qui l'ont codifié, écrire sous leur dictée, actualiser leurs sensations, renouveler leur expérience. Troublante intimité avec des inconnus d'un autre temps et d'un lieu si lointain qu'il semble n'avoir jamais existé. *(Mais dans l'amour, ne sommes-nous pas immergés dans l'étreinte comme dans une mémoire antérieure, préhistorique, reliés par la longue chaîne des molécules aux amants des cavernes ?)*

S'imprégner de l'idée que ces moines ont "réellement" vécu, mangé, marché pieds nus dans la poussière des chemins et accompli ces mêmes exercices dans une clairière de légende... Cela n'a rien à voir avec un quelconque "cinéma" : plutôt une sorte de plongée dans le noir, une prise de conscience qui provoque la même stupeur incrédule que la vision, au fond d'un télescope, de l'anneau de Saturne dans un ciel d'été. Ce n'est pas une photo, cette fois ! L'astre se tient là, charnel, indiscutable, dans la même nuit, le même ciel ! L'existence des moines de Shao lin dans le lointain passé de l'Empire du Milieu donne à nos gestes de géants

---

* Terme japonais désignant un enchaînement de gestes codifiés qui miment un combat sous une forme cryptée.

malhabiles un point d'ancrage, un support symbolique.

Irréductible sidération ! L'étonnement naît toujours à la couture de la pensée et du monde. Or le geste est étranger au langage comme la réalité apparente est étrangère à la conscience et les moines de Shao lin au quartier Latin. Le geste est analogue au rêve et à l'anneau de Saturne en ce que sa réalité décourage le récit, essouffle la description. A tenter de franchir cet abîme avec ses mailles fragiles, l'écriture prend tous les risques, ce qui rend séduisante cette aventurière.

Comment décrire un simple pas ? Gilles de La Tourette, l'inventeur du syndrome des tiqueurs, appelé vulgairement la danse de Saint-Guy, tente en 1886 l'expérience d'une description hyperréaliste : "La jambe servant de point d'appui, le pied droit se soulève du sol en subissant un mouvement d'enroulement allant du talon à l'extrémité des orteils qui quittent terre en dernier lieu ; la jambe tout entière est portée en avant et le pied vient toucher terre par le talon*…" La justesse de ce texte ne masque pas la lourdeur de son arsenal descriptif. Mais ne nous méprenons pas : que tant de mots soient nécessaires pour décrire un simple geste ne doit pas dévaloriser les mots ; ils ont bien autre chose à faire que de plates descriptions et ne

* Cité par Giorgio Agamben, in *Trafic* n° 1, éd. POL.

sont pas toujours aussi patauds qu'ils en ont l'air. Tout dépend de ce qui les agite.

Seul le langage des sourds, efficace et léger, a sans doute les moyens de décrire fidèlement les gestes – ne serait-ce que par mimétisme. (La langue des signes, qui se moque de la syntaxe, remplace de longues phrases par quelques gestes rapides permettant aux sourds de "s'entendre" dans le monde entier.) Que retient notre écriture privée de calligrammes de l'opacité complexe d'une caresse, d'un pas de danse, de l'enfoncement d'une touche dans le fond du clavier ? Ne peut-on *écrire* ce baiser ?

Il tient ton visage entre ses mains et ses lèvres se posent partout à la fois, papillons agiles, fiévreux, empressés : coups d'aile au coin des lèvres, au creux de la narine, sur les paupières, à la lisière de l'oreille, au sommet du front. Brises légères, envols, nuages, feuillages agités par le vent, pluie d'étoiles. Un tourbillon d'images se lève et s'enfuit aussitôt sous la douceur extrême (la douleur exquise) de ces baisers de rêve : évanouis à peine esquissés, ils interprètent dans l'aigu la mélodie du geste, qui est la trace éphémère laissée par le désir dans sa traversée du corps.

Le baiser s'efface au moment où il apparaît, comme la vague se défait au contact des rochers. Où est-il parti ? *Where goes the light when I blow the candle ?* Le geste s'envole, rien ne sert de tendre la main pour le rattraper. Jusqu'à l'invention du cinéma, aucun geste n'avait survécu à lui-même sinon sous forme de traduction matérielle, d'intuition picturale.

Comme l'écrit Giorgio Agamben*, "même *La Joconde*, même *Les Ménines* peuvent être envisagées non pas comme des formes immobiles et éternelles, mais comme des fragments d'un geste ou comme des photogrammes d'un film perdu... Et c'est comme si de toute l'histoire de l'art s'élevait un appel muet à rendre l'image à la liberté du geste." En donnant du mouvement à l'image, le cinéma a transformé la mémoire du geste et nous n'avons pas fini de mesurer les conséquences de cette révolution. Il reste que dans la vie ordinaire l'effacement perpétuel est la substance même du geste : il l'inscrit à l'extrémité du passé, aussi fragile et insistant qu'une fine couche de poussière sur un temple abandonné.

* *Op. cit.*

8
LOOPINGS

La beauté du geste est un îlot de totalité dans l'océan du hasard. Elle fascine la planète à travers les Jeux olympiques et autres tournois, en leur donnant consistance et vérité. Le système audiovisuel croit utiliser cette fascination à des fins commerciales : en fait, il est au service de la fascination.

Sans notre amour fervent pour la beauté du geste, les Jeux olympiques n'existeraient pas : elle en est le but secret, le modeste pivot, le support invisible. L'effort des athlètes est donné, explicitement, pour une tension vers la plus haute marche du podium, une conquête de la gloire : en vérité, il est tension acharnée vers la perfection, amour de l'absolu. Il réalise l'adéquation entre le désir du gymnaste, la règle sportive et la réalité physique (maîtrise de la gravité, de l'espace, de la peur). Le record, la médaille, les médias déchaînés sont des bénéfices de surcroît au regard de cette jouissance de l'unification de l'être dans la beauté d'un geste.

On se souviendra longtemps de l'envol d'une petite Chinoise aux barres asymétriques, qui fit son apparition aux Jeux de 1992. La colombe de

Noé quittait le pont de l'Arche. Libre, aérienne, irréelle, cette gamine de quinze ans naviguait en apesanteur avec l'aisance d'un oiseau survolant les cimes, virait de bord, faisait des loopings, escaladait le vide. Grâce à sa maîtrise totale de la technique, elle insufflait la grâce aux gestes imposés, inventait, virevoltait. L'espace frémissait autour d'elle. Elle n'aurait pu aller plus loin, plus haut. La médaille d'or confirmait l'évidence.

La vogue des Jeux olympiques n'est donc pas, comme nous le croyons naïvement, l'effet d'une révérence infantile pour les feux de la rampe, le podium et les stars. Le croire serait sous-estimer gravement nos désirs, nos aspirations. Tout ce brillant existe et nous excite : il n'est qu'un décor, un bénéfice de surcroît. Le *suspense* des médailles nous enchante, mais ce que nous aimons, ce qui nous tient aux tripes et à l'âme, c'est la beauté du geste : l'envol de la gymnaste, le saut périlleux du patineur, la courbe du discobole en action. Visions magiques de liberté qui valent rédemption d'Icare*
– dépassement de la loi naturelle de la gravitation à travers son accomplissement. L'athlète se soumet à l'attraction terrestre pour mieux la dominer.

Shitao ne cesse de le dire : "La possession de la Règle, à sa plénitude, revient à l'absence de règles [...] mais qui désire être sans règles doit d'abord posséder les règles." Les yeux rivés sur l'écran,

---

* Cf. le beau livre de Jacques Lacarrière *L'Envol d'Icare* suivi du *Traité des chutes*, Seghers, 1993.

nous savons que seul un apprentissage d'une effroyable férocité permet à cette jeune Chinoise de réaliser la grâce. Et ce savoir, toujours présent à notre esprit, ne fait que pimenter le spectacle. Nous acceptons avec une certaine jubilation – en tout cas pour les autres ! – l'idée que la technique soit un préalable à l'extase, la condition de la liberté, la déesse mère des athlètes, danseurs, adeptes des arts martiaux et autres pianistes. Cette idée est conforme à notre credo : on n'a rien sans rien, il faut en baver, etc. C'est pourquoi il est juste que la technique soit la reine des Jeux.

Pendant ces instants, l'esprit de la jeune fille devenait transparent, totalement lisible dans ses mouvements. Suspendus entre ciel et terre, les spectateurs vibraient à l'unisson de ses gestes, de cette liberté, cette confiance, de la douceur un peu râpeuse de la barre sous la paume. Le centre de gravité de son corps, fermement établi, semblait lui servir de sol portatif et lui fournir une assurance à toute épreuve contre la chute. Pour la gymnaste, comme pour le funambule ou le trapéziste, la maladresse n'est pas une anecdote mais une tragédie. Tout l'apprentissage consiste à trouver le chemin vers une perfection telle que l'erreur ne puisse plus se produire : devienne infiniment improbable.

De même le pianiste qui "monte" une pièce cherche-t-il d'abord à atteindre la sécurité, cette assurance qui est au soliste ce que le plancher est au danseur, cette faculté de "passer" partout, comme un vélo tout-terrain, en prenant tous les risques.

Grâce au perfectionnement technique, le contrôle devient la matrice de la liberté. Tel est le but du jeu.

C'est une erreur commune de croire que la technique se distingue de l'interprétation, qu'un pianiste travaille sa technique comme on fait de la musculation et greffe ensuite sur ce cadre virtuose le bel édifice de son interprétation. En fait, la technique se mêle de tout : elle est nécessaire pour les choses les plus simples. Souvent, le pianiste tend à négliger le travail des passages faciles, ceux qui coulent des doigts comme l'eau de la fontaine. Or, ces passages non fixés se révèlent fragiles en concert, menacés par le trac. Sans technique, l'interprétation reste vacillante, cérébrale : l'amateur qui pianote sa sonate l'imagine plus qu'il ne la joue. Il ne s'écoute pas : il lit, il rêve.

D. prétend qu'il arrive, dans des pièces particulièrement difficiles, comportant des déplacements rapides, que le son soit le contraire du geste qui le produit : un doigt arrive en piqué, il semble destiné à produire une explosion sonore, et la note se pose tendrement. Cette interprétation est l'effet d'une illusion d'optique : la réalité interne du geste n'est pas toujours visible, mais elle est entièrement ajustée aux exigences de la musique – si musique il y a. Soutenir le contraire revient à dire que les éléphants engendrent des grenouilles.

Pour le pianiste comme pour le gymnaste, la technique est un dieu qui se confond avec le culte qu'on lui rend. Dans le déroulement d'un *kata* de taï-chi-chuan, la maîtrise visible, la fidélité à la forme ne sont qu'un aspect limité, un premier stade de l'apprentissage. Elle s'acquiert grâce à l'imitation, à la répétition, et met en jeu une mémoire particulièrement exigeante, associant concentration mentale et physique.

Mais le vrai travail ne commence qu'une fois la forme extérieure mémorisée : une fois le premier niveau de la règle établi. Le travail se détourne alors de l'effort de mémoire, supposé provisoirement acquis, pour entamer la longue ascèse de l'approfondissement qui mène à un dévoilement progressif des multiples contenus de chaque geste. (De même dans la tradition talmudique, le commentaire, renouvelé à chaque génération, fait se lever dans le texte biblique des sens nouveaux, en attente depuis la nuit des temps.) L'interprétation par un maître d'un *kata* chinois, vieux de plusieurs siècles, peut conduire à retrouver des enseignements oubliés, des vérités techniques anciennes. Mais à partir d'une certaine maîtrise l'interprétation d'un *kata* est aussi une création, même imparfaite. Chacun son style...

C'est à des sources de plus en plus enfouies que le pratiquant de taï-chi-chuan doit puiser l'énergie exigée par les gestes pour améliorer sa technique. Non seulement dans les muscles, mais aussi dans les organes internes, cœur, poumons, estomac... Et non seulement dans ces organes, mais dans cette zone mystérieuse du ventre qui ne correspond à aucun organe précis, mais à une sensation de chaleur et de force : le *tanden*. A la fois imaginaire et actif, immatériel et concret, sorte de "glande pinéale" où le psychique et le physique se confondent : à partir d'un certain niveau de pratique, son existence est une réalité d'expérience. Les arts martiaux enseignent d'abord une dialectique de la technique et des sensations : les sensations indiquent la direction que doit prendre la recherche ; inversement, chaque avancée technique suscite de nouvelles sensations.

La technique n'est donc pas un moyen de l'art mais sa substance même, sa condition de possibilité. Sans technique fiable, les bonnes intentions mènent en enfer, les airs délicats se muent en guimauve, les élans s'affadissent. Mépriser la technique est absurde, c'est renier la base, le socle. "Le mépris dans lequel on tient la technique a pour fondement la haine de la beauté*."

Si la technique du tireur à l'arc est parfaite, son geste sera juste et la flèche touchera le centre. Le virtuose lui aussi vise le centre de la cible. Nul besoin d'aller vérifier ; la note juste témoigne du mouvement qui la produit ; la beauté du geste certifie son efficacité ; l'excellence de l'acte et sa trace dans le monde sont une seule et même réalité. Comme disait le vieux Bach, "il suffit d'enfoncer la touche au bon moment"...

* Jacques Drillon, *Charles d'Orléans ou le Génie mélancolique*, J.-C. Lattès, 1993.

De quoi dépend donc la plénitude d'un accord ? Les paramètres sont innombrables : vitesse de la descente des doigts, inclinaison des phalanges, courbure des poignets, détente des bras, position du corps sur le tabouret, manière de toucher le clavier, de s'y installer, de s'y enfoncer, d'en repartir, trajet accompli depuis la note précédente, précision de la pédale, de la mémoire, intimité avec l'œuvre, élan, conviction, concentration... Tant que la technique n'est pas maîtrisée, tant que le puzzle est incomplet, le jeu reste vacillant.

Comment maîtriser cet assemblage hasardeux de règles, de désirs, de savoir-faire, et d'approximations ? La technique est une jungle pleine de dangers, de pièges, de hauteurs et d'abîmes. Deux mesures difficiles dans une fugue de Bach, une page intraitable de Chopin : le rocher retombe sans cesse. La technique est un monstre, une hydre : ses têtes repoussent à mesure qu'on les tranche. Le pianiste la hait, mais se prosterne devant elle, lui tresse des couronnes et tremble à l'idée de perdre les faveurs de cette Erinye déchaînée qui incarne ses remords.

Parfois, il veut la dompter trop vite : alors elle se cabre, s'emballe et franchit le mur du son en d'effrénées cavalcades qui ne procurent au pianiste pantelant qu'un vertige de pacotille. Qu'il l'attaque de front, elle fait mine de se soumettre ; quelques heures, la difficulté semble vaincue. Le lendemain, les doigts dérapent, il n'en reste rien, ou presque... Ascension à refaire.

Le moyen de ne pas se décourager ? Je vous le demande ! Pourtant, ce n'est pas la vraie question, on l'aura compris. La mienne, de question, la voici : le moyen de se soustraire à un esclavage si charmant ?

9

L'HOMME A LA POMME

Qu'arrive-t-il à Guillaume Tell en cet instant décisif où il vise la pomme sur la tête de son fils, cerné par le hasard, exposé à la défaite ? "Si la main de Tell avait tremblé…" Dans son livre sur Liszt*, Vladimir Jankélévitch compare le héros ajustant son arbalète au virtuose gravissant les arpèges d'une *Etude d'exécution transcendante* vers le sommet d'un *fa* dièse : ils prennent, l'un et l'autre, des risques insensés. Pour Tell, personne n'en doute : "Sauver son fils et son pays ou les condamner tous deux, d'un seul geste : peut-on être soumis à une tension plus extrême ? La vie et la mort dépendaient de cet impact ; et la marge était étroite entre Charybde et Scylla, entre l'infanticide et la servitude, entre l'en-deçà et l'au-delà… Tout a tenu à un fil, au diamètre de cette pomme ! Or, la flèche du bon arbalétrier, décochée avec précision, atteint le juste milieu… Voilà le coup de maître, voilà le chef-d'œuvre de la miraculeuse stochastique !"

* *De la musique au silence. Liszt et la rhapsodie*, Plon, 1979.

Le péril de tomber à côté du *fa* dièse est à l'évidence moins grand que celui de tuer son enfant. Il peut même sembler dérisoire. Au pire, le virtuose joue sa carrière, sa réputation, les tomates, les œufs. Les risques qu'il prend – éprouver une sensation désagréable dans les doigts, avoir honte, avoir peur, se sentir coupable de ne pas avoir mieux travaillé, de ne pas être mieux concentré – ne concernent que son état intérieur, sa subjectivité. L'ordre du monde n'en est pas affecté et les oreilles des auditeurs, à supposer qu'ils aient entendu l'erreur, n'en ressentiront qu'un agacement passager. Pour Guillaume Tell, c'est tout le contraire : les dangers auxquels il s'expose sont d'une objectivité terrifiante, un condensé de réel ; le destin de la Suisse, la vie d'un enfant. Le héros enclôt l'Histoire entre ses doigts repliés.

Seulement, leur exigence est la même. L'archer et le virtuose sont aux prises avec l'absolutisme du désir, qui exige une totale soumission aux lois de la matière. Le geste imparfait, hésitant ou maladroit est par nature disqualifié, maudit. La "juste visée" devient un impératif catégorique, une nécessité vitale, une ligne de crête environnée d'abîmes. Pourtant, il y a une différence : ce qui, dans la tradition occidentale, est un instant unique, un apogée ou l'acmé d'une tragédie, se mue dans l'ascèse orientale du zen en objectif quotidien, en raison de vivre et de mourir. "Il ne s'agit pas de rechercher un instant d'illumination mais de constituer en soi-même un état durable*."

"L'idée du danger virtuel et de la mort aux aguets est toujours plus ou moins impliquée dans la solitude du soliste", écrit encore Jankélévitch. C'est pourquoi le pianiste traverse l'épreuve du feu, "cette angoisse des avant-postes qu'on appelle le trac". Or le trac se dirige sans hésiter vers la zone sensible et s'attaque à l'organe concerné : chacun sait que le trac des pianistes fait trembler les doigts, alors que le trac des chanteurs s'attaque aux cordes vocales et celui des comédiens à la mémoire du texte. Effet secondaire du narcissisme, le trac trouve spontanément le point vulnérable. Le grand art consiste non à dominer le trac ou à le réprimer mais à le mépriser, ou mieux, à le traiter comme une énergie supplémentaire. Le trac n'est plus alors que l'envers du talent : relégué dans l'ombre, il irradie la performance.

Cette mutation de l'état mental qui anéantit le danger n'est possible que si l'artiste – l'archer, le pianiste – réussit à s'oublier lui-même au profit du but qu'il poursuit, à devenir la cible, à se fondre dans la musique. C'est pourquoi le tir à l'arc (comme le piano ou le taï-chi-chuan) "ne consiste nullement à poursuivre un résultat extérieur avec

---

* Kenji Tokitsu, *Etude sur le rôle et les transformations de la culture traditionnelle dans la société contemporaine japonaise*, thèse de doctorat de 3e cycle dirigée par Georges Balandier, 1993.

un arc et des flèches, mais uniquement à réaliser quelque chose en soi-même*". Imagine-t-on un maître zen qui aurait le trac ?

Ainsi la perspective se renverse : l'oubli de soi, qui seul permet la véritable concentration, cesse d'être un moyen d'atteindre la perfection du son ou l'efficacité du geste, pour devenir l'objet même de la quête. Le résultat du geste se subordonne à son but. Serait-ce donc, en définitive, pour faire l'expérience d'un certain état de conscience que le pianiste s'échine sur ses gammes en tierces, que le pratiquant de taï-chi-chuan se plie à la discipline aride des exercices ? Pourquoi se priver de cette hypothèse ? La musique ne ferait alors qu'indiquer la direction de ce mode d'être. De même le combat, à l'horizon du taï-chi-chuan, ne serait plus qu'un révélateur de l'état mental et corporel du combattant.

"Le coup n'a l'aisance requise que lorsqu'il surprend le tireur lui-même." La surprise est à la mesure de la révélation. Où est donc Guillaume Tell, sinon dans la tranquille certitude du maître zen qui tire les yeux bandés, à vingt-cinq mètres de la cible ? "Quelque chose tire", dit le maître d'Herrigel. Le risque d'erreur est réduit à zéro par le fait que "l'archer se vise aussi lui-même". S'il atteint le point d'extrême lucidité intérieure, la flèche partira d'elle-même et se fichera dans le mille. *(Une fois fichée là, elle pourrait vibrer toujours !)* La victoire extérieure n'est plus qu'une confirmation de la juste visée de l'âme.

* Herrigel, *op. cit.*

Est-il nécessaire de dire que cet état particulier, qui se caractérise par l'union sans faille de l'âme et du geste, repose sur la maîtrise technique ? Ce n'est pas l'habituelle conscience qui permet au pianiste de dérouler sans erreur les guirlandes de la 23e Etude de Chopin. C'est une ultra-lucidité rendue possible par la lente acquisition d'automatismes : un savoir de la succession des notes qui ne se manifeste qu'au moment opportun et retourne aussitôt dans les entrepôts de la mémoire. La profondeur des automatismes constitue le sol sur lequel se greffent la confiance et donc la liberté. L'interprétation ne peut être assurée d'avoir lieu que dans cet état de mémoire saturée.

L'instant précis où l'archer lâche la flèche est soustrait à la durée ordinaire. Il appartient à une autre dimension de l'expérience, à une sorte d'actualité incorruptible. "L'art est dépouillé de son art, le tir cesse d'être un tir, le moniteur devient élève, le maître redevient un débutant, la fin devient le commencement, et le début est achèvement*." De ce point de vue, que le temps soit aboli n'est même plus une question, mais une expérience. La flèche de Guillaume Tell fuse dans ce hors-temps parallèle où elle arrive avant d'être lancée. "Ne gagne pas après avoir frappé : frappe après avoir gagné", dit le maître de sabre Miyamoto Musashi**. Le

---

* Herrigel, *op. cit.*
** Cité par Kenji Tokitsu dans *La Voie du karaté. Pour une théorie des arts martiaux japonais*, Le Seuil, "Points", 1979.

paradoxe n'est qu'apparent : dans le geste du maître, l'art sans art abolit le temps, donc le hasard. Le geste se précède lui-même. Degas le disait aussi, renvoyé à la technique du pinceau par la beauté de la danse : "Rien, en art, ne doit être laissé au hasard, pas même le mouvement." Chaque tir du maître d'Herrigel devient identique aux autres tirs, superposé à eux dans le présent absolu de la certitude. Ni hasard ni devenir, ni passé ni futur. Comme dans les boutiques d'aéroport, le temps suspend son vol.

Dans *Les Sept Samouraïs*, pendant la rencontre entre le jeune héros et le vieux maître de sabre, c'est à l'instant mystérieux où le geste se déclenche que le perdant se sait dominé et reconnaît l'autre comme son maître. Personne n'a bougé. Le combat, à ce niveau de conscience, n'est plus nécessaire. L'art martial devient le garant de la paix. Et la musique adoucit les mœurs, comme chacun sait.

10

LA BRASSE DU CONDAMNÉ

Nous n'y pensons plus. Nous y sommes.

Le parquet lisse expose sa géométrie d'angles doux. Le bois blond et les stores vénitiens semblent absorber les sons et civiliser les messages stridents de la ville. Le silence est peuplé de plusieurs étages de bruits. Le tic-tac de l'horloge murale. Le chien dans la cour.

La douleur dans les cuisses est encore présente à l'état de vestige, non de gêne. On apprivoise la douleur. Elle peut se dissoudre dans le plaisir d'entendre les cloches de Saint-Thomas-d'Aquin à heures fixes. Elle peut même devenir tolérable sans diminuer d'intensité. Derrière moi, quelqu'un s'étire. J'ai envie de me retourner, par curiosité : lequel d'entre nous a failli ? Je résiste à la tentation. C'est toujours ça de pris sur l'ennemi. Au loin Paris ronronne, le Paris gris sous la bruine où les gens se bousculent, où les taxis sont pris d'assaut. J'aime cette rumeur, la rumeur de ma ville, son bruit de fond, sa confidence perpétuelle, le *continuo* de ses cacophonies. Surtout, j'aime à l'entendre de loin, dans un lieu calme. Nous sommes si calmes !

Quand le spectre de la douleur s'éloigne, la précision des gestes devient le but du jeu : élargir la contraction des jambes, esquisser un lent mouvement de balancier d'avant en arrière, en pesant sur le sol comme pour y laisser une empreinte... Le degré d'enfoncement imaginaire du pied dans le sol est analogue à l'enfoncement du doigt dans la touche du clavier. Son effet est différent, mais ils participent du même esprit, de la même élasticité. Les bruits du quartier se sont estompés : le silence qu'ils contenaient se manifeste enfin dans le pur plaisir de l'aube.

Au cœur du geste se dissimule la vérité de l'instant. Le fugace et l'éphémère ne sont en Occident que prétextes à nostalgie : révolus avant d'avoir été, d'avance relégués dans la mémoire, prisonniers de la transmutation instantanée du passé en futur. Il nous semble, à tort, que la fuite du temps disqualifie le réel.

Or, l'instant est ponctuation du temps, irruption d'éternité dans le devenir. Nul dictionnaire n'en délivre le mode d'emploi, nul programme n'en intègre les données. Ni le soleil suspendu dans sa course, ni la mer Rouge écartelée, ni la petite phrase de Vinteuil ne figurent dans le catalogue des grands travaux de la République. L'instant déchire le temps et le sature d'infini. Rilke, encore lui, parlait à Lou Andreas Salomé de "ces instants de haute intensité où l'éternité pénètre d'en haut les jours*".

Ces instants sont de toutes les couleurs. *Feuillages agités par le vent. Présence, présence éperdue. Une caresse du bout des doigts, et la houle fervente des peaux. Fièvre des surfaces aspirées par le centre. Tourbillons. Maelströms. Battements. Agitations dans la forge à légendes.* Le point d'orgue, par exemple, se soustrait à la mesure. Art des nombres, la musique s'accomplit en transcendant la loi des proportions qui la constitue, s'enroulant comme un feuillage exubérant autour de l'axe inflexible du rythme. L'émotion sonore se dote d'une temporalité autonome : comme si la durée musicale n'était pas relative mais absolue, aspirée par sa racine, rendue à sa source. Annulé par un *pianissimo* d'Horowitz jouant Schubert, le temps bifurque, s'efface, se replie sur lui-même comme le ciel d'orage dans la prophétie d'Isaïe.

Le message du rêve nous confirme chaque nuit le mensonge éhonté des horloges. De ce mensonge, j'ai pris conscience un jour de mon adolescence, grâce à l'un des premiers films de Robert Enrico, *La Rivière du hibou*, un moyen métrage en

* *Correspondance*, Gallimard, "Du monde entier".

noir et blanc d'une vingtaine de minutes, adapté d'une nouvelle d'Ambrose Bierce située dans le Sud des Etats-Unis pendant la guerre de Sécession. La vision de ce chef-d'œuvre peu connu fut pour moi un événement, une sorte de révélation dont les harmoniques continuent à me parvenir à travers les brumes du passé.

Entouré de soldats dans un paysage gris et blanc, un prisonnier sudiste en manches de chemise marche vers le lieu de son exécution : un échafaud dressé au milieu d'un pont en bois. Tout de suite, on aime cet homme qui veut vivre : on voudrait le sauver. Mais le bourreau lui passe la corde au cou. Il est tourné vers le fleuve, les pieds posés sur une planche qui dépasse du pont. Il suffira au soldat de retirer la planche d'un coup sec pour que la pendaison s'effectue. Les tambours résonnent. Le ciel s'assombrit. La rivière gronde.

Brusquement, on retire la planche, la corde se tend comme un arc, mais voilà que les soldats se mettent à tirer follement, une balle miraculeuse déchire la corde, le prisonnier tombe dans la rivière, toujours corde au cou, et s'enfuit à la nage en slalomant sous la mitraille. Heureusement, il échappe aux tireurs. Il nage longtemps puis échoue, haletant, sur une petite plage qui borde une pelouse. Au fond, une grande maison coloniale en bois peint, une véranda, un perron élégant. Une femme en robe blanche s'approche en ouvrant les bras. Il est chez lui ! Hélas, la joie est trop forte : il court vers la robe blanche, mais ses pas le tirent en arrière, vers les soldats qui le poursuivent, elle est là pourtant, elle l'attend, l'accueille, ah ! traverser cette pelouse !... Mais il recule encore, comme aspiré par le néant. Et c'est cette image hésitante qui nous ouvre les yeux : retour à la case départ. Sur l'échafaud, le corps du prisonnier pend inanimé, tête penchée, pieds ballants.

"Soleil, cou coupé*."

La corde ne s'est pas rompue : c'est le temps qui s'est brisé comme un cristal vibrant sous la caresse insistante de l'espoir. Dépouillée de ses atours temporels, l'âme se montre nue. Avec le prisonnier en chemise blanche, le temps d'un film, nous avons fait l'expérience de la dilatation du temps causée par la poussée du désir. Un délire de la pensée est donc capable d'aspirer le réel dans l'intemporel. Sortie de secours. Folle explosion de vie, rédemption éphémère, bras ouverts, robe blanche, douceur de la pelouse... La capacité humaine de transcender par le rêve l'imminence de la mort est à l'origine de tout acte créateur.

L'espace d'un instant, le temps d'un soupir, il s'agirait de célébrer ce temps-là, subjectif, incommensurable et rebelle. De le prendre au sérieux, de le déchiffrer, de le vivre sans réserves. De l'examiner, en somme, comme on ausculte un fragment de réel, un petit pan de mur jaune, une escarbille. Quel rapport y a-t-il entre l'atmosphère de ma rue

---

* Apollinaire, "Zone", in *Alcools*. ("Bergère, ô tour Eiffel, le troupeau des ponts bêle ce matin...")

telle qu'elle m'apparaît en cette matinée d'automne – le vent frais, les visages graves, les vitrines en cours de transformation – et les nouvelles du jour ? Ne faudrait-il pas, pour "écrire l'histoire", tenir compte aussi de ces miettes, de ces coups de pinceau, de ces jetés battus, de ces fous rires ? Qui peut dire où commence l'événement, où finit l'anecdote ?

Miettes de réalité, éclats de lumière, ces expériences minuscules participent en silence de la réalité, de la lumière, comme les coups de pinceau de Cézanne participent de la montagne. Pour les prendre en compte, les "penser", il suffirait de leur reconnaître leur statut incontestable d'expériences particulières. Et de rendre au particulier, à sa dimension subjective, la place essentielle qui lui revient dans le récit d'une histoire pleinement humaine, élargie, réparée, éclairée de l'intérieur, enrichie de ses ombres. Comme l'écrit Stéphane Mosès* à propos de Walter Benjamin : "Le sens de l'Histoire ne se dévoile pas dans le processus de son évolution, mais dans les ruptures de sa continuité apparente, dans ses failles et ses accidents, là où le surgissement de l'imprévisible vient en interrompre le cours et révèle ainsi, en un éclair, un fragment de vérité originelle."

Le dedans et le dehors accordés, l'Histoire serait alors comme un tissu rapiécé, un arbre rendu à ses

---

* *L'Ange de l'Histoire. Essai sur Rosenzweig, Benjamin et Scholem*, Le Seuil, 1992.

racines. Il s'agirait de considérer ces points de suspension comme des signes, ces silences comme des messages, des panneaux indicateurs de réalité – et non comme des hallucinations. La double nature, médicale et métaphysique, des crises d'épilepsie de Dostoïevski montre bien que l'envol de la conscience n'est entravé en rien par la nosographie médicale. La maladie n'empêche pas l'illumination et le discours du poète ne recoupe en aucun point celui de l'horloge parlante.

L'appartenance inévitable et "simultanée" à deux temporalités radicalement étrangères constitue l'un des grands déchirements de la condition humaine. Selon les civilisations, le coefficient de réalité penche du côté du rêve ou de celui des pendules. Depuis Babylone, le quadrillage temporel a beaucoup progressé ; de nos jours, malgré les progrès apportés par l'école des Annales, la chronologie règne encore sans partage dans les manuels d'histoire, qui ne présentent que des "faits" : purs oripeaux narratifs. Mais que s'est-il réellement passé, dans le secret des consciences, au long de tous ces siècles ponctués de massacres, d'épidémies et de règnes ? C'est la question de Wim Wenders dans *Les Ailes du désir*, mais élargie au passé : à quoi peuvent-ils bien penser ? Quelle était l'ambiance de la rue Saint-André-des-Arts pour une autre Catherine, un matin d'automne il y a trois siècles ? Le vent était-il bien frais ? Y avait-il comme aujourd'hui une ribambelle d'enfants en route pour l'école ? N'était-ce pas la même rue ?

Qu'y a-t-il de commun entre deux aurores séparées par les siècles ?

Walter Benjamin voulait "sauver le passé" en éclairant la mémoire historique de manière à donner du relief aux silences : rendre la parole aux vaincus. Et comment faire de cette recherche une méthode personnelle, si l'on songe à tous les moments vaincus au cours d'une simple journée, et qui mériteraient tous d'être "sauvés", toute cette brocante d'événements miniatures qui exprimeraient, convenablement pressés, un inépuisable suc poétique ? (Les fameux "temps morts", par exemple, les arrêts d'autobus, les salles d'attente…) Tel est pourtant le programme politique de Benjamin – et de Stéphane Mosès : lire l'histoire à l'envers. "Délivrer la part de nouveauté radicale contenue dans chaque instant du passé." Libérer les parfums de l'air du soir dans les prés de Combray. Qui ne souscrirait à un tel programme ?

Aurons-nous donc l'audace, dans une époque imminente, de substituer au temps des horloges un "temps qualitatif dont chaque instant est vécu dans sa singularité incomparable" ? Si le temps intime prend le pas sur le mesurable, si chaque instant est un ange unique dressé vers le ciel, alors l'historien ordinaire est disqualifié : seul l'artiste peut écrire l'histoire comme il convient : en creux, à l'envers du présent. *La Rivière du hibou* ne se déroule pas dans le temps de la projection, mais entre le blanc de la chemise et l'ombre de la corde, entre l'œil et l'oreille, entre les balles des tireurs. Dans les marges.

Les trous noirs du psychisme, saturés de temps condensé, abritent le cinéma intérieur dont la confection silencieuse accompagne nos actes. Temps libre de l'envol : le vent se lève, le soldat tire, la corde se casse, il faut tenter de vivre, l'âme du prisonnier s'élance vers la rivière et nous agrippons les bras de nos fauteuils pour les empêcher d'agiter une brasse intempestive dans la salle de cinéma : une histoire se raconte, qui contient nos rêves. Evasion. Survie. Nage. Sifflement des balles. Liberté. Robe blanche. Bras ouverts.

Fascinante réalité de cette illusion. Un récit s'organise, structuré comme un film à suspense dans le temps du condamné, cette fraction de seconde qui suspend la durée. La mort du condamné sudiste n'est pas plus réelle que l'interlude éperdu et irréel de sa fuite, ce fragment d'absolu qui unit les contraires et résout l'énigme. D'ailleurs, en bonne technique romanesque, la mort n'est pas une conclusion. La clôture du film n'est rien d'autre que la limite du rêve. L'instant contient l'éternité comme une larme contient l'océan.

Et toi, hier soir, où étais-tu dans cette voiture qui traversait la Seine ? Où étaient tes pensées alors que ton regard s'attardait sur le dôme illuminé du Grand Palais qui ressemblait à un vaisseau spatial flottant à la cime des marronniers ? Ecrire cette histoire-là, éclairer le fond du théâtre, ouvrir les greniers d'âmes, qui s'en charge ? Nerval, Rilke, Proust, Musil, Benjamin... A chacun ses élus. La beauté du geste, c'est la brasse du condamné.

11
LE FANTÔME DU MONDE

Au taï-chi-chuan, la brasse est aérienne. Le geste navigue sur son erre. L'image du nageur aux prises avec le poids enveloppant de l'eau, alors que nous évoluons à l'air libre, donne à nos corps ralentis la majesté rêveuse des cargos transatlantiques. L'air épaissit à mesure que nos gestes se font plus lents, plus précis. Il devient océan, miel, pâte, glu…

Maintenir l'ensemble du corps dans cet élément élastique exige une attention constante. Qu'elle se relâche un instant et l'air disparaît, se laisse de nouveau traverser légèrement : ces relâchements de la conscience provoquent des cahots, raideurs, secousses, stagnations. Subjectivement, pour peu que l'on y prête attention, ces ruptures de tempo apparaissent comme des vides, des angles morts de la conscience. (Le fait de les remarquer suppose déjà que notre attention soit revenue et ils ont aussi pour fonction de la rappeler, comme on sonne la femme de chambre.) Car la conscience inscrit aussi ses ratures dans nos gestes.

Il suffit de rater une marche de l'escalier qui descend vers le sommeil pour faire l'expérience de ce vide. Je m'endors, je me sens bien, *ça marche*, mais voilà que le sol se dérobe sous mes pas alors que je n'ai pas quitté mon lit. Je rêve sans rêver que je tombe sans tomber : c'est une chute instantanée qui s'arrête aussitôt. J'ai l'impression d'être passée dans un monde parallèle mais contigu et identique au précédent. Tout mon corps est secoué par ce ratage, cette chute, comme par une décharge électrique. Au cinéma, ce serait facile à montrer : on filmerait le mouvement d'un bras avec, au milieu, quelques centimètres de noir pour donner l'impression d'un saut, d'un hiatus.

Ce soubresaut m'a fait changer de monde, comme une mue instantanée. J'ai le sentiment qu'il indique le franchissement d'un abîme. Cela tombe bien : j'adore franchir les abîmes, fussent-ils remplis de solitude. Le saut électrique me retient un instant de plus au bord du sommeil, juste à la frontière. Le chemin est si long et plein d'ornières, chaque soir, entre l'instant du coucher, le monde énigmatique qui s'anime sous les paupières, les draps frais, la rêverie du soir et le grand départ vers soi-même !

Transitions, intervalles. Un trois-mâts en partance pour l'Afrique incline ses ailes en majesté dans l'or crépusculaire d'un port hanséatique. Les voyageurs, petites virgules penchées vers la terre, clignent des yeux sous les rayons sauvages de l'astre vaincu par la nuit. Un oiseau a fait son nid dans les hauteurs du navire. La sirène retentit, c'est le klaxon de Poséidon : il rebondit sur les murailles de la ville et mêle ses échos à la lumière rapide. Des traces d'avenir s'infiltrent dans le présent pictural : seul le coucher du soleil donne à voir l'irruption discrète du noir. La boule nommée terre s'enfonce dans l'obscurité informe et clignotante.

La lumière n'a jamais été pure comme elle l'est ce soir, dans ce tableau de Claude Lorrain qui m'enflamme les paupières. Je ne sais si je dors ou si je veille. Un rêve, cette lumière dorée qui s'épanche dans mes yeux extasiés ? Fermés, ouverts ? Suis-je au salon, un livre sur les genoux ? En train d'écrire ces mots ? Endormie ? Peu importe : j'y suis, j'y reste. Je me plais dans ce pays lumineux, parmi ces ocres embrasés par la fureur stellaire. La merveille, c'est que le temps ne passe pas : le navire est toujours là, toutes voiles dehors sous mes paupières, docilement couché par la brise, fièrement présent, répétitif comme une étincelle qui ne cesserait de prendre feu, comme ces stupides bougies d'anniversaire qui se rallument toutes seules.

La corne de brume retentit trois fois. A l'appel du dieu barbu, le rideau se lève sur le décor océanique qui fait une jupe bleue à la terre et dessine ses continents. Les voyageurs ont des visages soucieux, exaltés. Du côté de l'infini maritime, les tendres clartés portuaires pâlissent sous un gris houleux teinté d'or. L'aventure n'en finit pas de commencer. Les voyageurs agitent leurs mouchoirs. La densité du temps augmente.

Se croyant lucides, les savants provoquent la fission de l'atome. Se croyant éveillé, le rêveur jouit *de la fission du temps. Le rêve se prend pour la réalité : le rêveur sait rarement qu'il rêve, et, dès qu'il le sait, il est prêt à se réveiller. L'inverse n'est pas vrai : la réalité ne se prend pas pour un rêve... Mais où en étions-nous ?*

En plein jour comme en rêve, les sauts continuent à se produire. Nous les tolérons poliment. Ils ne se laissent pas oublier : lapsus, maladresses, visions, bizarreries. Les puissances obscures nous hantent depuis si longtemps ! Nous avons l'habitude de ruser avec les idées folles, de les écarter avec indulgence. Distraits, nous installons de fines passerelles au-dessus des failles de la conscience pour mieux les oublier, comme s'il n'y avait pas le choix.

C'est pourquoi l'exigence de continuité est si pénible pour nous, pauvres hères transpirant sous la férule, distraits, pressés, avec nos têtes folles et nos coq-à-l'âne. Il faut des mois, des années de pratique pour huiler les transitions afin que s'éliminent les secousses incontrôlées, les hésitations, les ratés. A l'horizon se profile le rêve du *kata* réalisé : celui où la continuité d'un geste à un autre et du corps à l'esprit serait totale. L'enchaînement des mouvements deviendrait alors analogue à l'écriture d'une seule phrase, au déroulement d'un geste unique, à une simple note tenue.

Pendant des années, inlassable, ma Judith a posé cette question :
— Où commence le ciel ? A quelle hauteur ? Au-dessus des maisons ?

— *Le ciel commence sur ton ventre, autour de tes doigts, au bout de ton nez, au-dessus de ton lit quand tu dors. Par temps de pluie, il sert d'auréole. Les ailes sont gratuites.*

— *Mais maman, où il commence, pour de vrai ?*

— *Autour de tes cheveux, devant tes paupières... Il te traverse quand tu respires...*

— *Alors le vrai ciel, celui qui flotte sur les toits, il descend jusqu'ici ?*

Incrédule, elle contemple ses mains, ses pieds, ses genoux couronnés, à la recherche du ciel qui est par-dessus le toit (si bleu, si calme).

L'art martial prouve l'existence de l'air*. Les corps des combattants ne sont pas séparés par le vide, mais reliés l'un à l'autre par la substance même de l'atmosphère, par leurs souffles voisins. Le degré de vérité de leurs gestes – qui se manifeste par l'efficacité – dépend de leur perception fine de ce lien invisible. Cependant, le geste n'affecte en rien l'élément volatil qui le porte. Pas plus que l'eau magique du savant Benveniste, l'air ne contient de mémoire : il se définit par sa passivité même, son inexistence, sauf par grand vent ou brise maritime. Analogue au temps, il est docile et reste intact en se laissant traverser.

En somme, l'air n'est pas réductible à l'espace. C'est un étrange matériau d'expérience : *pour le*

---

* Selon Elie Faure, Vélasquez à la fin de sa vie ne peignait plus les choses, mais l'espace entre les choses.

sentir, il faut d'abord l'inventer. Tel est le paradoxe : le regard précède la vision qui le suscite, la sensation précède la pensée qui la crée. Au moment où il tire, l'archer fait en lui-même l'expérience du passage de l'air autour de la flèche, comme d'un écho simultané. Et quand le pianiste ressent au fond des doigts la résistance des marteaux, la chaleur fraîche de l'ivoire, la vibration des cordes, tout cela relié à l'émotion du créateur qui l'emmène dans son monde, la sensation inaugurée au contact du clavier se propage aussitôt à travers les mains et les poignets jusqu'aux chambres obscures de l'être. La contiguïté des objets peut donner le vertige.

L'épaisseur de l'air n'est que l'une des images mentales classiques que les Orientaux utilisent pour augmenter la densité de leurs gestes. L'essentiel est que l'image soit assez évocatrice pour saisir le corps tout entier dans un maillage serré, pour éliminer les apartés qui font l'ordinaire des gestes quotidiens : de la colonne vertébrale à l'écartement des orteils et à l'expression du visage, l'ensemble des sensations et des gestes se soumet aux injonctions de la technique.

Il faut bien comprendre que ce corps en action n'est pas anatomique : ses organes ne sont, comme d'ailleurs le reste du monde, que des représentations sur lesquelles l'esprit peut agir. Le corps devient, par exemple, un immense sac de peau dans lequel circule librement un liquide. Voici ce qu'écrit Miyamoto Musashi dans *Le Rouleau de* *l'Eau** : "Vous devez apprendre dans la nature de l'eau l'essentiel de l'état d'esprit. L'eau suit la forme du récipient carré ou rond. C'est une goutte et aussi un océan. La couleur du gouffre est vert pur, et en m'inspirant de cette pureté je présente mon école dans le Rouleau de l'Eau."

Kenji Tokitsu commente cette métaphore aquatique : "L'analogie est faite entre le corps et un contenant souple rempli de liquide ; à partir de cette interprétation ont été développées des manières de porter les coups où la force est considérée comme le déplacement d'un liquide à l'intérieur d'un contenant souple et une interprétation de l'impact des coups : celle-ci part de l'idée que leur répercussion se propage dans le corps comme les ondes dans un liquide. Si vous considérez le corps de l'adversaire comme une statue rigide, vous penserez pour l'attaquer à prendre l'équivalent d'un marteau, et pour forger vos techniques d'attaque vous tenterez de durcir vos poings. Au contraire […] l'important n'est plus de frapper quelque chose de dur, mais d'imprimer une secousse qui ébranle le liquide."

L'image mentale est l'impulsion qui engendre la technique. Bien plus qu'une simple métaphore, elle est une interprétation possible de la réalité. Pour donner de la consistance au toucher pianistique de

---

* Cité par Kenji Tokitsu dans *Miyamoto Musashi, maître de sabre japonais du XVIIe siècle. Le mythe et la réalité, l'œuvre et son influence*, thèse de doctorat de l'université de Paris-VII, dirigée par Jean-Noël Robert, 1993

son élève, Boucourechliev pèse sur mon avant-bras. ("Mais résiste-moi donc au lieu de t'écrouler !") Et voilà que la pulpe de mes doigts semble s'enfoncer dans la touche, qui devient étrangement souple, du caoutchouc. L'image est par moments si prégnante qu'elle prend la place de la réalité : le parquet du dojo, dans lequel je tente d'enfoncer mes pieds comme dans un sol boueux, devient littéralement élastique, un trampoline de bois.

Ce sont des métaphores actives, performatives (on dit d'un discours qu'il est performatif lorsque son énoncé constitue un acte en lui-même – quand le roi annonce : "J'abdique !"). C'est l'œuf de Colomb : il suffit d'y penser. Elles ont un effet irrésistible, presque automatique : l'intensité d'une image amène à rectifier naturellement une posture, à changer la manière d'avancer la main gauche vers l'avant-bras droit recourbé comme une porte protectrice devant le visage.

Au début, le recours à ces images peut sembler angoissant par son côté magique : une vision imaginaire peut-elle modifier la réalité ? Est-il bien raisonnable, bien logique, de se "suggestionner" soi-même ? N'est-ce pas un avatar exorbitant de la toute-puissance attribuée par les enfants aux pensées et dont l'âge adulte est censé nous délivrer ? Pourtant, l'efficacité pratique de ces "images", dont il faudrait définir plus précisément la nature, est facile à vérifier. Elle est à la mesure du contrôle exercé par l'esprit sur le geste : déraciner un arbre. Planter un arbre. Marcher dans la gadoue.

Tirer et pousser en même temps. Installer des tensions contradictoires en tous les points du corps... Telles sont les recettes. Une métaphore suffit à modifier la torsion d'un muscle, et de proche en proche la densité du corps.

— *Moi, je dis que le fantôme du monde, c'est l'air !*

Ma Judith encore petite a crié très fort pour que je l'entende malgré les cahots et les bruits de tôle entrechoquée. Ses longs cheveux s'agitent en tous sens, ses joues sont rouges de plaisir. Sous la bâche de la 2 CV qui longe la plage, il suffit de se pencher un peu pour prendre en plein visage le vent de notre île, venu d'Afrique, tout chargé de saveurs marines et de sauvagerie. Le chemin rugueux, inégal, transforme notre carrosse en poêle à châtaignes.

L'air remplit l'espace qui sépare les êtres vivants comme la masse océanique relie les archipels de la géologie terrestre. Dans les disciplines asiatiques du corps, du yoga au taï-chi-chuan, l'expérience du souffle manifeste cette prime de réalité accordée à l'invisible, cette foi en l'espace, en l'existence de l'air.

Dans le *budo* japonais comme dans la Bible hébraïque, le souffle n'est que l'aspect manifeste de l'esprit (un seul mot hébreu, *ruah*, signifie souffle et esprit*). Si le corps est traversé par le souffle, il sera investi par la conscience ; s'il est immuablement

---

* Jacques Derrida, *De l'esprit. Heidegger et la question*, Galilée, 1987.

centré, il se reliera au monde par tous ses ports et pores ; alors les gestes revêtiront d'emblée le vêtement adéquat, délivrés des fioritures, exagérations et autres truquages : animés par l'esprit, comme le pinceau de Shitao : "Du moment que l'esprit s'en forme une vision claire, le pinceau ira jusqu'à la racine des choses."

Evidence des courbes : un *kata* de taï-chi-chuan effectué par un maître possède la grâce souveraine d'un Matisse en mouvement* ! Economie de moyens, pureté de la ligne, dynamique du rythme, précision du souffle, puissance... Etrangement, c'est la fidélité au réel qui prend le statut d'une traversée des apparences.

De même que sur la toile la soumission aux lois du prisme lumineux permet de capter la vie des couleurs, le taï-chi-chuan s'approprie la pesanteur pour fabriquer de la grâce. Il enregistre le rythme sensible qui accorde la voix intérieure à la rumeur universelle. Il ne démontre rien : il apprivoise l'ouverture. Il établit entre l'intérieur et l'extérieur, le vécu et l'apparence, un précipité d'expérience, un arc de lumière, un carrefour.

Le geste peut se définir par ses effets mais n'existe que par la sensation qui lui donne corps.

---

* Il est vrai que chez Matisse le mouvement n'a pas besoin de s'inscrire dans le temps pour animer le regard.

12
MARCHER DANS LE NOIR

Etourdis par le vin blanc, nous nous levons en attendant les manteaux. Le restaurant va fermer. Le serveur passe un coup de torchon sur la table. Une mèche grise lui tombe sur les yeux et le rend grincheux. Dans les tiens, je vois la tendresse du désespoir. Derrière la porte vitrée, la grande gueule de Paris gobe les passants. Leurs visages clignotent sous les néons stroboscopiques qui leur font le teint glauque : vert, bleu, vert. On ne voit pas leurs expressions, pas plus qu'on ne voit tourner les aiguilles de l'horloge.

Sortir, filer dans le noir.

Main dans la main, nous nous faufilons dans les artères du dragon en suivant les enseignes. Nous marchons vite, comme si on nous poursuivait. C'est la nuit, mais le rouge domine en tous lieux éclairés. Bars, cafés, restaurants chinois, hippopotames latins et autres bouges. Ce sont les parures du monstre urbain. Tard dans la nuit, au détour d'un quai ombragé, on peut entendre le bois des péniches pourrir lentement au clair de lune.

Dans la zone piétonnière, à l'abri des moteurs indécents, nous sommes surpris par l'écho de nos pas dans le ventre de la ville. Il est aussi rare de s'entendre marcher que de prendre conscience de sa respiration. Nos démarches conjointes forment de bizarres contretemps : un galop élastique, une fugue à deux voix scandée par des systoles bancales. Le battement de nos semelles précise les contours de la rue et peuple l'espace d'une rumeur indiscrète.

Un soprano lyrique verse des roulades grésillantes à nos pieds : elles proviennent d'une vieille radio, sur un balcon, derrière un amoncellement de métaux, près d'un platane noueux. De là-haut, sur la balustrade, une petite fille lance une boulette de chewing-gum qui rebondit sur une verrière et atterrit dans une flaque. Nous rions et ta main serre la mienne, doucement, comme pour retenir un oiseau sans le blesser. Je sens mon pouls qui s'allume. Au loin, sur le boulevard, la circulation prend son rythme discontinu de la nuit : accélérations, vrombissements. Des coups de vent sur une mer paisible. Le bleu pâle de ta chemise à la pliure de ton cou. Enfin le shanaï *d'un raga indien prend la relève des roulades, un ruban de lune rebondissant sur un lac de montagne. Seules les ruelles de Venise offrent aux amoureux errants de plus belles épiphanies ambulatoires, grâce à l'odeur fermentée de la lagune, ce piège à mémoire !*

Elle veut bien visiter Paris, l'amoureuse, la gourde ! Monter, descendre, errer, traverser des ponts, longer des arcades, s'accouder aux comptoirs des bars ! Tout est bon, du moment qu'il est là et lui tient la main, fort, nichée en boule dans sa paume. Elle pense au mot tiédeur et le trouve insuffisant au regard de la houle qui l'enserre des talons à la racine des cheveux, et même ses cheveux... Puis elle stocke sans attendre cet instant dans ses archives secrètes. Sa foi est si naïve !

De tout, elle se souviendra de tout. Ce fragment d'espace-temps deviendra son enfant, son trésor. L'ivrogne qui les croise en ricanant : il brandit à bout de bras un petit cintre en plastique. Les musiciens qui jouent du jazz, dans la lumière jaune du café, devant les parasols. Le profil de son amour, ses yeux pensifs, sa gaieté. Le frottement de sa jupe sur ses cuisses, la jeunesse de l'été, la tendresse de Paris.

Elle croit encore que la mémoire se laisse gouverner alors qu'elle n'en fait qu'à sa tête. Les instants dont elle veut se souvenir seront les premiers oubliés. Bien sûr, ce sont les plus lourds : les plus riches d'émotions, de pensées secrètes. Ils coulent tout de suite, comme des vaisseaux trop chargés. Elle se souviendra de cette nuit, c'est sûr, mais que restera-t-il de cette bière lampée rue Mazarine, en écoutant la fanfare des Beaux-Arts ? La vie est si longue et l'espérance si têtue !

Elle pèse ses pas comme on pèse ses mots, les pèse et les apaise, ralentit sa respiration, regarde de tous ses yeux les ruelles, les visages, les cataractes de lumière, les arcades de la rue Gît-le-Cœur.

Plus tard, quand tout sera fini, elle pourra reconstituer cette soirée dans ses moindres détails.

Un clochard installé sur la bouche de métro nous a suivis du regard en ricanant, ironique, vaguement envieux, mais surtout comme dément de fatigue, cloué au sol par une immense, une colossale lassitude. Ce clochard occupe un moment mes pensées. On voudrait croire que la paresse et l'ivrognerie ne sont pas des défauts de fabrication, des erreurs à corriger, mais l'envers d'un idéal, la mesure d'une déception. Plus dure sera la chute, dit-on avec un respect gêné. Plus l'idéal est sublime, plus haute l'exigence, et plus la banalité du réel inspire honte et déception. La veulerie, le côté traînant du clochard est le sous-produit de sa répulsion pour la réalité sociale. Il est donc d'une certaine manière honorable.

J'ignore pourquoi le refus de la comédie sociale donne naissance en Occident à ces personnages fétides, alors qu'en Inde il s'exprime dans la splendeur des renonçants. Il serait faux de dire que les renonçants, les sanyasin, *sont les clochards de l'Inde. Les clochards, on leur marche dessus, on les ignore, on s'en détourne, on relève leurs empreintes digitales et on s'en lave les mains. Les* sanyasin *sont au contraire l'objet d'un culte dans le peuple indien. Pour leur choix de solitude et de mendicité, tous les honorent. On leur donne des colliers de fleurs. Leurs visages peints, leurs sourires, leurs chevelures extravagantes, leurs pieds nus, tout en eux exprime l'harmonie. De quel côté penche la civilisation ? Entre une société qui honore et soigne ses philosophes et un système qui les relègue dans les caniveaux ?*

Je m'échauffais toute seule à cette idée, alors que la marche nous menait aux extrêmes de la nuit. A nous voir, on nous aurait crus tendus vers un but. Or nous n'avions aucun but, sinon celui de faire durer cet instant et de savoir le goûter. Nos caprices nous guidaient, de Montmartre au pont des Arts jusqu'aux parasols jaunes de Buci. Les bateaux-mouches postmodernes vomissaient de temps à autre leurs pinceaux lunaires sur les immeubles. Livrées sans défense à ces éclairages irréels, les rives devenaient fantomatiques. Sous les marronniers de l'île Saint-Louis, la Seine écartait les jambes et l'odeur du fleuve se chargeait de langueurs végétales.

Ma tendresse faisait à la nuit un manteau magique. Et dans ce décor splendide, je m'efforçais, avec une ridicule ferveur de jeune fille, de stocker au plus vif de ma mémoire un seul souvenir, une seule sensation : ce poids, cette chaleur d'homme autour de ma main repliée. Ne peut-on rafistoler les petites âmes stupides des amoureuses blessées ? On remonte bien les poitrines, on efface bien les rides...

13
BONSOIR, LA PLANÈTE !

L'instant merveilleux ne serait-il plus que l'impensé d'une histoire qui déraille ? Un esquimau à l'entracte, un baiser volé, une passante, un solo de hautbois dans une cantate de Bach, une futaie de hêtres dans la forêt de Compiègne au sommet de l'automne : ne sont-ils que des points de fuite, des apartés du désir, des sorties de secours ?

A ce qu'il nous semble, l'éternité, notre Eurydice, a voilé son éclat. Son aile de mystère nous effleure parfois, mais elle s'éclipse dès que nous croyons l'apprivoiser. Elle s'étiole dans nos musées, étouffe dans nos horloges, n'en finit pas d'agoniser et sa vigueur affaiblie ne lance plus que de pâles rayons sans chaleur. Le vacarme des marteaux-piqueurs, des taux d'intérêt et des contorsions politiques la rejette dans les coins, du côté du silence. L'Histoire, qui semble avoir honte d'elle-même, croit évacuer ses déchets dans les marges : mais c'est son âme qu'elle vomit.

Loin d'ici, à l'ombre des villes champignons de l'Asie, l'éternité placide continue à se manifester aux quatre coins du temps dans les petites choses qui survivent à la grande industrie : un geste de la main, un salut, un trait de pinceau, un poème, un bouquet. C'est la grande floraison des *presque*, avec l'absolu pour cathédrale. Ces gestes consentis, concentrés, accomplis en pleine conscience sont-ils des prières ? En tout cas, ce sont des signes : ils contiennent un sens déchiffrable et se réfèrent à un idéal. Du point de vue de la beauté, tous ces gestes sont équivalents dès lors qu'ils sont justes : ils s'allument comme les étoiles, entre chien et loup.

Une autre éternité, une autre échappée hors du temps historique se produit grâce au rituel hébraïque, si l'on en croit Yosef Hayim Yerushalmi*. Le temps mythique est immuable et, s'il s'entortille dans les branches tourmentées de l'aventure humaine, c'est comme une écharpe magique, indéchirable. Ainsi l'événement qui accède, pour des raisons mystérieuses, au statut de mythe – par exemple la sortie d'Egypte – reste pour les juifs pratiquants plus "réel" que le pogrom de la semaine dernière. Non parce qu'il s'est réellement produit, mais parce qu'il dure encore et se répète chaque année pendant les jours de fête. L'éternel retour du calendrier garantit l'actualité de la mémoire. L'événement ne cesse jamais d'avoir lieu. Aspiré par le présent, le passé biblique se déroule dans la rêverie éveillée de l'étude et la méditation du rituel.

* *Zakhor. Histoire juive et mémoire juive*, La Découverte, 1984.

Cette présence d'un ailleurs blotti dans la conscience rend la vie supportable. Si la lutte contre le Pharaon est plus réelle que ce qui m'arrive aujourd'hui, une distance salvatrice s'instaure entre l'expérience historique et les souffrances qu'elle inflige. Aussi le récit biblique fait-il l'objet d'une perpétuelle narration consolatrice, comme si l'histoire des ancêtres se déroulait aujourd'hui même, sous l'histoire apparente de notre temps. Comme si elle était plus "actuelle" que l'histoire trop réelle des juifs de ce siècle.

"Bonsoir, la planète !" dit la radio des jeunes. Ce n'est pas le Grand Soir, mais quelque chose se termine, on le sent bien. Il n'y a plus de plage sous les pavés, seulement des parkings, et l'avenir n'a plus rien de radieux. La civilisation retombe en enfance et se donne en spectacle à elle-même. La religion du mesurable néglige la Qualité ou l'étale en surface sur des objets mal formés : "du clinquant sur un arbre de Noël", comme l'écrit Robert Pirsig*.

La télévision impose son ballet d'ombres. Après l'âge de bronze, du fer, de l'écriture, voici venu l'âge des virus. Le sida, Sarcelles, les hospices de vieux, les embouteillages sur l'autoroute de l'Ouest, l'affreuse tour Montparnasse (et même les fraises n'ont plus de goût !). Comédie médiatique, crise de

* *Op. cit.*

l'immobilier, contribution sociale généralisée, transfusions sanguines, huîtres au cadmium, malnutrition dans les lycées français, massacres à Sarajevo, famine en Somalie, néonazisme, négationnisme : notre Europe semble bloquée dans l'utérus d'une époque stérile, le décor en ruine d'une tragédie sans souffle, "un astre sans atmosphère*".

L'histoire anéantit ses rêves en réalisant ses fantasmes et ensevelit ses récits sous l'ordure de ses crimes. Tel un blanc-seing octroyé à l'horreur, l'ombre de la Shoah encourage la perpétration des massacres. Le malaise diagnostiqué par Freud et dont les symptômes s'aggravent n'est pas seulement une conséquence de notre civilisation, un effet pervers de ses manques : il en est l'humus, la terre nourricière. Chacun sait que les déchets fécondent les mauvaises herbes. Nos misérables tas de secrets fécondent notre action, nos produits, nos créations et leur donnent l'aspect clinquant et brutal de la modernité. Ce qui les trahit, c'est leur odeur : la puanteur de plastique chaud du RER à la station Châtelet-Les Halles ; l'effroyable odeur du tabac froid ; l'haleine fétide du faux, des objets truqués, de la matière torturée. De quoi nourrir une ridicule nostalgie de fumier et de lait frais. Dans la "Cacanie" de Robert Musil** (l'Autriche-Hongrie au

---

* Expression utilisée par Nietzsche à propos de Baudelaire (citée par Stéphane Mosès, dans *L'Ange de l'Histoire, op. cit.*).
** *L'Homme sans qualités*, Le Seuil.

tournant du siècle), les apparences brillaient déjà comme crachats au soleil. Mais ne disons pas de mal des apparences : nous n'avons rien d'autre.

Où est passée l'éternité ? Rimbaud le savait encore : "Elle est retrouvée […] C'est la mer allée avec le soleil." Ligne d'horizon, point de fuite, perspective. Savons-nous encore ouvrir des fenêtres sur l'infini ? Où est passé ce réel dont Jean Baudrillard sonne le glas avec le joyeux talent du désespoir ? Sommes-nous entièrement immergés dans l'océan du simulacre ? Avons-nous encore l'énergie nécessaire pour habiter notre corps, vivre notre vie ? L'essentiel de notre expérience est-il éclipsé ou seulement terni par la proximité clinquante des surfaces ? N'est-il pas remplacé par le "vécu" des *reality shows* comme une statuette Ming par un vase de plastique ?

Main dans la main, ils se promènent sur le boulevard. Ils regardent une fée Carabosse s'installer pour la nuit sur un empilage de sacs-poubelle. Un panneau lumineux éclaire par intermittence son chapeau de velours mou et son front cabossé. Une voiture éclabousse d'eau sale leurs chevilles. Dans cette ville en perdition, l'herbe repousse déjà entre les pavés du futur.
— Passer la nuit dans tes bras...
— Tais-toi, mais tais-toi donc !

Ils continuent leur promenade en direction du métro.

La vérité intime de l'expérience – qui est la matrice de la création et le noyau de l'amour – ne figure ni dans les registres de notaire, ni dans les taux de change, ni dans les journaux. Quelques-uns lui sont fidèles : fous, artistes, amoureux, obsédés. Ces entêtés restent à l'écoute du rythme sensible, de l'empreinte du ciel. C'est le peintre Olivier Debré, citant Matisse un jour à la radio : "Quand je peins, je vois dans mon dos." Que deviennent ces mystères sur le marché de l'art ?

Le mot même de "vécu" s'est dévalué à force d'avoir été galvaudé dans les années folles de notre jeunesse, les poignantes *seventies*. L'illusion de ce temps-là était de faire croire, avec la naïveté des utopies, au caractère collectif du "vécu". Or l'expérience se cache, c'est bien naturel. Chaque personne est un monde, chaque être un univers : de ce point de vue, nous sommes radicalement étrangers, différents. Ce qui nous unit cependant, c'est d'être chacun dépositaire d'une atmosphère unique. Le secret est bien partagé ! C'est notre singularité, par son existence même, qui nous relie à l'universel – et non au collectif, qui n'en est que la caricature, et dont on connaît l'immense, la désespérante faillite.

Et voici que, de toutes parts, on nous invite au reniement de notre vérité singulière. Où sont passés le battement de cœur, le baiser, le vertige, la brève rencontre ? Quels archipels de douceur survivent à la tempête informatico-médiatique ? Qui peut se permettre de méditer devant une fleur de cerisier alors que l'actualité brûle, comme le tapis vert d'une table de poker attendant la mise : *pour voir* ?

Notre société a cessé d'être une émulsion pour devenir une mayonnaise. L'homogène, enfant du conformisme, gagne du terrain tous les jours sur une planète où les dessins animés japonais sont projetés aux Antilles et *Dallas* en Afrique. Le règne de l'artefact, du papier glacé et du maquillage relègue dans les oubliettes de la sensibilité les émotions inexpliquées, les rougeurs subites et les anges qui passent. Pourtant, nier leur importance, négliger leur action, oublier leur existence, c'est se renier soi-même. Ils ne disent pas autre chose, les Wenders, les Godard, ceux qui donnent des ailes : n'est-il pas étrange de vivre dans une société où l'essentiel est considéré comme accessoire ?

Le geste, lorsqu'il est sincère et profond, peut restaurer ce monde délabré : à l'instar du *tikkoun* hébraïque, incessante activité de l'homme réparant l'univers brisé, il instaure une continuité dans le chaos, la permanence du souffle. Dans le tohubohu, il suffit d'un legato, d'une note tenue, d'une pensée qui dure. D'une note à l'autre, d'une île à l'autre, le passage se fait sans secousses ni regrets, dans la tranquille certitude de la route à suivre. La cacophonie s'efface, la mélodie impose sa cohérence. Retrouvailles.

14
ZATTERE

Ma Carte du Fond des Océans montre la terre toute nue, sans ses jupons océaniques. Comme elle est belle ! On lui voit tout : la peau plissée, calamiteuse, torturée, ravinée. Elle est vieille et impudique : plissements, fosses abyssales, érections géologiques, dorsales musclées, concrétions, failles, lézardes, empilements, éclatements, fractures... Toutes les cicatrices sont visibles dans sa chair : elles signent les ravages du temps profond. C'est un corps, un très vieux corps. Les régions émergées apparaissent en jaune, le fond des mers en un bleu mystérieux éclairé en biais par les cartographes, de manière à faire ressortir la dramaturgie du relief. Les gestes anciens de la terre sont gravés dans la géologie traumatique de ses rides.

Le plus étrange est que ces lieux insondables portent des noms. L'Indonésie dessine un collier inachevé au-dessus du bassin de Wharton et de la fosse de Java. Entre l'Alaska et le Kamtchatka, la fosse des Aléoutiennes rejoint celle des Kouriles en formant une boucle de ruban surmontée par un creux de quatre mille mètres : la plaine abyssale de Béring. Sous la pression volcanique de ses entrailles, la Terre grave son histoire dans son écorce torturée. Je rêve : je pense que cette terre est la mienne, qu'elle contient aussi mon bureau mal rangé et mes cartes postales. J'ai beau me pincer, je n'arrive pas à voir le rapport entre ces deux réalités. Peut-être y verrai-je plus clair dans un autre rêve ?

Une dorsale rigoureuse longe le Groenland en venant du pôle, écarte au passage l'Europe de l'Amérique, enserre l'Afrique d'une courbe protectrice, remonte jusqu'à l'Arabie Saoudite pour replonger vers un Sud vertigineux, subasiatique, tient éloignée l'Inde par des crêtes en forme de sabres menaçants puis allonge ses méandres vers le Sud de l'Australie avant de se dissoudre dans les profondeurs chaotiques du Pacifique. Sous l'Australie justement, le sillon de la Diamantina dessine une blessure bordée de falaises géantes, qui débouche sur la plaine abyssale de la Grande Baie. Représentées en jaune, les altitudes de la terre ferme, les Alpes, Himalayas et autres hauteurs terrestres paraissent bien médiocres auprès des fabuleuses amplitudes sous-marines. Ma raison s'égare, à vadrouiller dans ces immensités : il me suffirait donc d'ouvrir la fenêtre pour sentir le vent du large ? En plein Paris ? Allons donc !

J'envie ceux qui savent déchiffrer ces écritures cataclysmiques, comme mon père "savait", dans la forêt du Butard, me dire l'âge exact des arbres sectionnés en déchiffrant pensivement le tracé des écorces, tout en avouant avec malice un coefficient d'incertitude de quelques années. Sa science ne m'étonnait pas : je savais déjà que les formes ont des secrets et j'étais émue par l'éloquence de ces surfaces blessées. Que mon père connût le secret des arbres était alors pour moi une évidence. J'avais appris à lire des livres : la lecture des écorces ne devait pas être plus difficile... En revanche, l'idée que la vérité se divise dans la matière, que l'histoire ne passe pas comme la brise du matin, ne se contente pas d'agiter les feuilles, mais laisse des signes, des indices, des cœurs enlacés gravés dans la pierre, voilà le grand mystère qui m'occupait l'esprit. Qu'y avait-il donc à la frontière, au point de passage ? Y avait-il un *échappement* entre le silence et le son, comme dans une touche de piano ? *Quel rapport y a-t-il entre ce qui fait battre mon cœur et le tracé de l'encre sur le papier où je t'écris ?*

Je sais à présent qu'il existe des lettres d'amour perdues, des écrits impossibles à déchiffrer, comme les tablettes d'argile de la Crète minoenne, gravées en écriture dite linéaire A. Personne n'a pu éclaircir le mystère. Pourtant, la découverte de Michaël Ventris* ouvrait tous les espoirs : il avait réussi à déchiffrer le linéaire B, une écriture un peu postérieure, en posant l'hypothèse qu'elle notait

---

* Cf. *Le Déchiffrement du linéaire B. Aux origines de la langue grecque*, John Chadwick, "Bibliothèque des Histoires", Gallimard, 1972.

du grec – considérée jusqu'alors comme hérétique par les philologues. Mais le linéaire A se dérobait à toutes les approches ; le mur du sens ne se laissait pas franchir. Je m'indignais : il m'aurait semblé juste que l'humanité puisse lire les messages qu'elle s'adresse.

Dès l'époque de ces tendres promenades éducatives, la forêt du Butard devenait un quartier : la lèpre pavillonnaire commençait à réduire ses grands arbres survivants à la figuration décorative des jardins. Aujourd'hui, autour du pavillon de chasse, le petit bois est en haillons. Des cubes forment un lotissement. Non loin de là, l'autoroute A 13 émet un grondement monotone qui étouffe le silence comme le grésillement du mégaphone les bruits de la kermesse.

C'était là : en haut et à droite sur la Carte. Dans la banlieue parisienne. Seine-et-Oise. 78 pour les intimes. Une vraie banlieue, un peu richarde mais fourmillant de jardinets, de myosotis, de glycines. A la fin de l'été, les boules de seringa éclataient mollement sous mes semelles. Le chien Arco était dans la fleur de l'âge, avec son impayable fourrure noire, hirsute et mitée.

De ma chambre, allée du Butard, ne parvenait de l'autoroute qu'une basse presque inaudible. Les grands arbres penchaient leurs ramures devant mes fenêtres, l'épicerie Collinet offrait ses salades, je tourbillonnais sur mon vélo dans les petites rues et jusqu'au grand carrefour où je me suis perdue dès le premier jour. Depuis cette époque, mon sens de l'orientation n'a fait aucun progrès. Dans le doute, je demande à mon cheval, je m'égare. Je n'ai jamais su faire le lien entre la carte et le territoire, entre la souche d'un orme et la succession des siècles.

J'ai découvert la Carte du Fond des Océans dans un bar à vins, sur les Zattere de Venise, après une promenade dans la brume avec mon Raphaël de douze ans. Le crépuscule étendait sur nos épaules une écharpe de fatigue. En ce point extrême de la cité, la vision répond à l'appel des lointains maritimes qui animent la lagune. Des souvenirs flottaient dans l'air du soir comme de longues traînes roses éclairant la grisaille humide.

Transis de froid et de beauté, nous avons poussé la porte du bar avec reconnaissance. La pièce était en contrebas, chaleureusement meublée de bois et de cuivres, comme le salon d'un navire perpétuellement à l'ancre. Les boissons étaient bien chaudes et, au-dessus de la banquette, dans un grand cadre d'acajou, se trouvait la Carte du Fond des Océans. Dans la moiteur de cette ville aquatique, après cette marche le long des canaux, cette vision d'une terre asséchée, entièrement offerte à la contemplation, créait un contraste saisissant. Sa beauté exotique, son bleu silencieux répondaient à la question de cette journée en exposant à nos regards rêveurs *la proximité des profondeurs.*

En retrouvant un exemplaire identique de la Carte quelques années plus tard, dans l'arrière-boutique d'un magasin rempli de vaisseaux miniatures, j'ai revécu la douceur de cet instant sur les Zattere, la merveille de ce fragile tête-à-tête avec mon Raphaël dans le cœur battant de Venise. Là-bas, la tendresse circule librement au milieu des ruelles et déploie ses voiles de brume autour du ciel : une douce frontière étendue sur la face de la haine. Venise a été faite belle pour cacher le malheur. C'est pourquoi nous l'aimons comme nous aimons la terre, qui cache ses rides sous l'Océan. La Carte est maintenant chez moi, où elle trône en bonne place. J'apprécie sa franchise. Bien sûr, la Carte n'est pas le territoire : souvent, elle ne fait que représenter l'absence. Autres bars, autres Venises, mais sur la même terre, sous le même ciel !

Quand mes enfants sont nés, j'ai traversé le soleil par le sas de la douleur et le soleil veille sur eux. Les gestes des humains, quand ils font naître des petits, ne s'inscrivent pas dans le roc comme les écritures antiques. Ils ressemblent, dit-on, au sillon des navires dans la mer. Ils se logent directement au plus profond de la mémoire : dans les palais engloutis de l'océan miniature.

15

AU CONTRAIRE !

— *Au fond, tu es un monstre : tu trouves normal d'être aimé...*

C'est sorti tout seul. Encore une bêtise. Il me faudrait une muselière. Il penche la tête, me considère avec perplexité.

— *Tu penses peut-être que j'ai raison ?*

Je m'adosse au carrelage blanc lessivé par la RATP. Je me retiens de répondre ce qui me monte du cœur comme un envol de libellules : Bien sûr que oui ! N'est-ce pas "normal" de t'aimer ? Tous les êtres ne sont-ils pas dignes d'amour ? Pourquoi t'exclure, toi justement, de la communauté des vivants-dignes-d'être-aimés ? D'un autre côté, lui dire qu'il a raison le flatterait inutilement. J'esquive :

— *Peut-être...*

Comme toujours, il pousse son avantage :

— *En tout cas, tu as raison, toi. Je suis ce monstre dont tu parles. Je trouve normal d'être aimé, mais je ne néglige rien pour ça. Je dois en avoir besoin.*

Il prend un air pataud, coupable. J'ironise bravement :

— *Au fond, tu n'es sûr de rien.*

Puis je sors un atout.

— Evidemment, tu joues cartes sur table, ce qui ne manque pas d'allure. Mais je soupçonne ta sincérité d'être l'un de tes fameux tours. Quoi qu'il en soit, ta vanité ne peut qu'entraver tes projets.

— Tu sais bien que non ! Au contraire !

— *Il y a toujours un* au contraire *au moment stratégique dans une conversation de ce genre.*

— *C'est la dialectique de Mme de... "Je ne vous aime pas, je ne vous aime pas..." La dialectique, j'ai adoré ça dans ma jeunesse. Hélas, je n'ai pas été maoïste, je n'avais pas l'âge.*

— On est toujours trop jeune pour la débilité mentale.

— *J'ai eu de la chance. J'aurais été une proie facile pour ces vampires. J'ai toujours pensé que j'étais né bête, ce qui était déjà une preuve de mon intelligence.*

— Tu vois ? Plus prétentieux, tu meurs !

— *Longtemps, la vie m'a ennuyé. Mon esprit ne voyait que la banalité. J'ai commencé à changer quand j'ai compris la mort. J'étais soulagé : cette histoire avait une fin. Je savais qu'il fallait attendre longtemps pour la connaître mais je n'étais pas pressé. D'ailleurs, je m'amusais beaucoup mieux qu'avant. Jarry a dit : La mort, c'est pour les médiocres.*

— A mon avis, la mort n'existe pas et le métro non plus.

Voilà dix minutes que nous devisons en dansant d'un pied sur l'autre. Il doit y avoir un incident sur la ligne. Absorbés par notre jeu de répliques biseautées, nous ne sentons même pas la puanteur du métro. (Rêveurs égarés sur un astre sans atmosphère.) Dans cet univers corrompu, tout exhale la fadeur, jusqu'au vert moisi des tickets. Les joyeuses affiches ouvrent bravement de fausses fenêtres dans le dédale suburbain. Leur douteux paradis est parfois traversé d'un éclair de génie : Il y a moins bien mais c'est plus cher ! *Qui dit mieux ?*

Sur le quai d'en face, un couple étroitement enlacé se bécote sur une cuiller en plastique jaune (que sont les bancs publics devenus !). Siamois, collés l'un à l'autre par toute la surface de leurs peaux. Au bout des longues jambes du type, des santiags exhibent leurs éperons. Une crête de cheveux rouges orne son crâne. La fille est sur lui, à califourchon, serpentine, penchée sur le crâne blanc, cheveux dégoulinants, bras enroulés sur le cuir du blouson, troublants, des pattes de renard mort.

Nous nous ignorons. D'un côté la parole papillonnante, de l'autre l'enchevêtrement sinueux. Deux mondes. Dans cette station de métro, le geste (direction Clignancourt) exclut la parole (direction Porte-d'Orléans), et réciproquement. Entre le pérorage et le bécotage, l'amour tombe en panne, avec tous ses wagons.

16

PARASOLS ROUGES

"Moi je dis que le fantôme du monde, c'est l'air !" a crié Judith, et ce n'était pas une réponse à la question sur le ciel, mais une déclaration, un manifeste poétique. Dans *Les Cahiers de Malte Laurids Brigge*, Rilke décrit les traces laissées sur un mur d'immeuble par les appartements détruits : "On voyait le dedans. […] La vie opiniâtre de ces chambres ne s'était pas laissé fouler aux pieds. Elle était encore là, accrochée aux clous encore en place, enfoncée dans les bouts de plancher larges comme la main qui subsistaient, recroquevillée dans ce qui restait des recoins, et là où s'était conservée un peu d'intimité." La description se prolonge pendant plusieurs paragraphes, et l'on commence à voir les chambres disparues, les lits suspendus, les coiffeuses, les chaises, les moustiquaires, les flacons, les tables, les convives… On pense à la scène, dans la vie mouvementée de Mary Poppins, où les personnages se mettent à léviter en prenant le thé. Dans toute son œuvre, Rilke se montre attentif au vide qui entoure les objets et délimite leurs contours – comme les blancs de l'écriture séparent les mots et leur donnent sens. Il appelle ce vide l'"atmosphère" et la contemple avec étonnement. Il constate qu'elle seule sait capter la mémoire. Comme Cézanne, il veut voir ce qu'il y a *au fond du gris.*

Rien n'a jamais compté pour moi que les atmosphères qui donnent vie aux instants et les accompagnent dans le souvenir plus sûrement qu'un affichage lumineux. Une lampe jaune, un soir, dans le salon du grand appartement. Une promenade sur la plage, pieds nus dans le sable. Où loge l'atmosphère ? Dans la lampe ? Dans la fraîcheur du sable ? Ou dans l'esprit qui les contemple et les crée ? Dans le fantôme du monde ou les cheveux de ma fille ? Je ne sais et je m'en fiche. Je me contente d'en jouir. L'atmosphère est de partout et de toujours. C'est elle qui met du silence dans les fêtes bruyantes et des milliards de sons dans la campagne nocturne. C'est elle qui donne leur mystère aux étoiles. Aux visages, elle donne lumière, couleur, vérité.

Devant ma fenêtre, à Vaucresson, le balancement des branches traçait dans le ciel des milliers de rayures éphémères. Sur la terrasse, en été, le rouge du parasol était une cerise sur le gazon ; le bourdonnement des insectes faisait une mousse sonore (parfois recouverte par la plainte céleste d'un avion dont on voyait s'évanouir le panache blanc). Dans le tronc du grand orme que la maladie épargnait encore, un creux en forme de siège s'était formé, un fauteuil anglais avec de larges bras obliques. Il était tentant de s'y asseoir, mais un buisson de primevères s'était niché là. La nuit, il m'arrivait de descendre pieds nus sur le tapis d'herbe et de tournoyer entre les troncs, à en perdre le sens.

Le drame des architectures modernes, quelle que soit leur colossale splendeur, vient de leur mépris pour les parasols rouges. Et la puissance de la musique vient de sa capacité à faire naître une atmosphère, à peupler le monde. *(Un seul être suffit : en ta présence, même l'atmosphère du métro n'est plus haïssable.)* Et une seule note suffit, si le musicien pèse bien son attaque. Le *shanaï* de Bismillah Khan, quand il traverse le silence au début d'un raga, laboure la durée avec une insoutenable douceur. Il semble avoir toujours été là. Et ne jamais finir.

Le héros du *Salon de musique* de Satyajit Ray se trouve sur sa terrasse, quand il entend le *shanaï* venu de la maison voisine. Le *shanaï* est une sorte de hautbois indien dont le son un peu nasillard est capable d'infinies nuances. Un son qui porte loin. Une fête se prépare, là-bas, dans l'autre monde, de l'autre côté de la rue. "Le maître ira-t-il à la fête ?" demande le serviteur en apportant du thé. Le maître étend ses jambes emmitouflées dans un plaid en mohair, s'étire et contemple l'univers : au pied de la terrasse commence l'infini de la campagne indienne. Non loin de là, un fleuve serpente. En fin de journée, la brume adoucira les couleurs généreuses de l'été. Il contemple la beauté tragique de l'Inde, qui est aussi la sienne. Puis il boit un peu de thé et répond à la question par une autre question : "Vais-je jamais quelque part ?"

Le mouvement est une illusion, il n'existe pas d'autre monde : la fête se déroule aussi sur la terrasse. Le son du *shanaï* agit comme un puissant éveilleur d'images. Ainsi en est-il toujours de la musique, quand elle est bonne et belle. Elle rend plus présent le monde qui l'accueille, souligne sa mélancolie ou sa grâce et donne aux filles une démarche plus légère. Le surcroît de réalité qu'elle confère aux objets est coloré par le monde qu'elle apporte, son cortège d'images, de rêves, ses fragments de pensées qui dérivent entre deux eaux. Même l'auditeur idéal, celui qui sait être constamment attentif à la musique elle-même, est parfois envahi par le peuple des pensées associées. Qu'il parvienne à les tenir en lisière, dans les marges de son esprit, et elles perdent consistance, se dépouillent de leur contenu, absorbées par l'écoute. Mais leur présence silencieuse continue à enrichir la musique d'une invisible guirlande d'émotions.

Et après le retour au silence ? Où passe l'atmosphère ? A la fin d'une œuvre qui se termine par un accord tenu, comment l'interprète décide-t-il de couper le son ? En le laissant s'éteindre de son propre poids, comme une voiture en roue libre finit par s'arrêter ? Le plus souvent, le pianiste ne laisse pas le son s'éteindre de lui-même : il lève doucement les mains (ou le pied, s'il a gardé la pédale), décide de la rupture, écrit le mot fin. *Maintenant le silence*. Décision aussi importante et arbitraire que celle du moment précis de l'attaque, qui détermine cet événement irréversible que constitue le passage du silence au son. C'est dans sa manière singulière de prendre ce type de décisions que l'interprète se révèle ou se trahit.

Quand il entame la lente chorégraphie d'un *kata* de taï-chi-chuan qui peut durer trente à quarante minutes, Kenji Tokitsu semble s'immerger dans sa propre concentration comme dans un océan de lenteur. Nous nageons autour de lui avec nos ailerons d'éternels débutants et la pièce devient un immense aquarium dont l'eau lourde ralentit nos gestes et accroît leur puissance. Dans l'espace purifié du dojo – bois verni, jalousies protectrices, silences, souffles –, l'atmosphère s'enrichit d'une dimension essentielle : l'échange entre la pulsation interne du corps et la perception de la présence des autres. C'est ce que les Japonais appellent le *ma*, l'évaluation de la distance au combat. L'atmosphère quitte la sphère des états d'âme pour devenir la création d'une réalité.

17

SMORZANDO

"Il n'y a plus d'avenir dans la musique", dit un critique musical à ma grand-mère Esther quand elle lui amena ses deux fils, vers 1915, pour qu'il évalue leurs dons pianistiques. Il n'évalua pas, il dévalua. Mon père et mon oncle renoncèrent à leur vocation musicale. (C'est du moins ce que dit la légende.) Ainsi la musique – le piano – allait devenir, dans ma famille, le jardin d'à côté : celui où l'on fait des promenades alors qu'on aimerait y vivre, un monde parallèle où règnent la beauté et la joie, même aux jours les plus sombres.

Mon père s'y réfugiait avec volupté, s'enivrait de Schumann ou de Brahms et s'en arrachait à regret. Son jeu sensible et inspiré était d'une stupéfiante agilité bien qu'il ne fût qu'un amateur éclairé. Il y trouvait sans doute, outre la pure jouissance musicale, la certitude de disposer, à portée de main, au bout des doigts, d'un rêve artificiel doté de la continuité qui manque en général aux rêves, un rêve capable de le délivrer, le temps d'une ballade, des fameux "soucis" qui lui empoisonnaient la vie et devaient finir, un jour de grand deuil, par gagner la partie.

La musique fut pour mon père une bien-aimée tendrement courtisée, une capricieuse qui ne cédait pas à la première caresse, se donnait pour mieux se refuser, et dont tous les secrets semblaient également désirables. "Les femmes vraiment élégantes ne passent jamais plus d'une heure à leur toilette", disait-il à l'adolescente que j'étais, sortant de la salle de bains la face rougie par les onguents et les masques que je m'infligeais en espérant être la plus belle pour aller danser. "Et j'en ai connu !" ajoutait-il, rêveur, alors que j'imaginais dans les allées du passé, entre deux rangées de grands arbres, une succession de belles, miraculeusement fardées.

La musique est restée pour moi ce voyage impossible dans le temps qui précède ma naissance, un âge d'or, un escalier vers le ciel. Pourtant, j'ai longtemps erré dans les contre-allées avant d'oser *vouloir* jouer du piano. Il m'a fallu beaucoup de temps pour admettre que l'univers pianistique était une montagne bleue dont je n'avais même pas commencé à m'approcher. Depuis mon enfance, je travaillais par crises, mais n'ayant jamais fait l'expérience du fameux "fond du clavier", je restais à la surface de la musique.

Avec André Boucourechliev, le travail du piano se révélait enfin un travail de l'écoute. S'écouter soi-même, tel est le travail du pianiste. La technique n'est pas au service de la virtuosité, mais de l'oreille. Si l'écoute est réellement exigeante, l'intendance suivra. Cependant, l'écoute elle-même est une technique, une faculté qui se travaille, à l'instar de la mémoire.

Au bout de quelques mois d'efforts intensifs, je m'aperçus que les exigences croissantes de l'audition suscitaient des gestes plus précis, plus sûrs. Un poids imaginaire se mit à peser sur mes mains et mes avant-bras : comme s'ils étaient pleins d'un liquide prêt à se déverser sur les touches à travers mes doigts et jusque dans les cordes. Et de temps en temps, j'assistais à un petit miracle, attendrie comme une mère écoutant le babil de son bébé. L'oreille exigeait un son cristallin ? Le compositeur demandait un *smorzando* ? Le doigt trouvait l'inclinaison, la vitesse de frappe, la pesée exactes...

La jubilation qui accompagne ces exploits miniatures accomplis dans la solitude est le fondement ésotérique de la technique. Pourtant, il faut se méfier de ces joies isolées : elles annoncent les catastrophes. Car il ne suffit pas d'y arriver une fois : le petit miracle doit se reproduire à volonté. Il doit même, à mesure qu'il s'installe, se raffiner, se remettre en question. La technique, c'est ce qui garantit la répétition du miracle et sa transformation.

Régulièrement, après des mois de travail sur une partition, j'ai l'impression d'arriver enfin au pied de la montagne. Au point de sécurité où le vrai travail d'interprétation peut enfin commencer, c'est-à-dire se faire entendre des autres. Puis je me souviens que six mois plus tôt je croyais être arrivée exactement au point où j'en suis aujourd'hui. Et dans un an, de nouveau, je me réjouirai d'être arrivée au pied de la montagne. Le travail technique évoque parfois ces galops absurdes sur des tapis mobiles qui roulent en sens inverse du mouvement des jambes.

L'aveuglement précède toujours la lucidité. Les antichambres des éditeurs sont encombrées de manuscrits illisibles qui leur sont envoyés par des malheureux qui croient savoir écrire parce qu'ils savent lire. Mais bouger ? Nous croyons tous savoir bouger ! Lever le bras, se tenir en équilibre sur une jambe, plier le genou : facile ! Dans un cours de taï-chi-chuan, tous les élèves, débutants ou avancés, effectuent pendant des années les mêmes exercices, les mêmes enchaînements de gestes. Le progrès se mesure aux capacités d'interprétation d'une forme identique. La moindre avancée du bras, au-delà de son apparente simplicité, se révèle aussi savante et complexe que le trait de pinceau du peintre-calligraphe.

Je me perds en conjectures sur l'incapacité que nous avons tous à imiter fidèlement un seul geste du maître. Et nous croyons bien faire ! Pendant des mois, des années, nous sommes persuadés d'avoir compris un passage simple – une parade, une attaque, un pas en avant. Pourtant, il suffit d'une correction de la position du coude ou du genou pour que la parade se révèle être aussi une attaque, le pas en avant receler un coup de pied potentiel, et l'attaque contenir une parade secrète. La tradition des arts martiaux comporte des significations cryptées qui ne se dévoilent qu'après d'innombrables répétitions.

Indéfiniment recommencé, le geste se remplit peu à peu : chaque tentative est chargée de la mémoire des précédentes. Bientôt, les muscles reconnaissent le chemin : un frayage s'opère dans la jungle des gestes possibles, comme le sentier de montagne se creuse sous les pas des marcheurs. Peu à peu, le chemin du geste devient visible, nécessaire, familier. Il s'inscrit dans les réserves de mémoire, les tréfonds où dorment les matériaux du geste.

Les imperfections n'apparaissent qu'après coup, une fois un progrès accompli, une correction effectuée. C'est quand on rectifie la posture qu'on perçoit les défauts précédents : "La bascule du bassin n'était pas suffisante ; les mains étaient trop proches l'une de l'autre ; je croyais mes épaules détendues, mais maintenant seulement je commence à les détendre réellement…" La forme exprime et détermine les sens multiples en attente dans le geste.

Ainsi, le corps mis en mouvement par l'esprit exerce en retour son influence sur les pensées. C'est au moment où le bras trouve sa courbe exacte que le sens de son geste s'enrichit d'une hypothèse nouvelle. Pourtant, jusqu'à l'expérience qui le fonde, le sens nouveau n'était même pas l'objet d'une recherche. A chaque niveau, l'élève se satisfait provisoirement des progrès accomplis. Il s'étonne de la sensibilité récemment acquise, de la stabilité d'un équilibre, de sa perception plus fine des détails. Il lui faudra un certain temps et une modestie certaine, après chaque palier (dans tous les domaines, les progrès se font par paliers), pour remettre en question la structure provisoirement acquise et lui en substituer une autre, plus efficace.

L'apprentissage du piano est avant tout une correction d'erreurs. Je déchiffre une sonate de Mozart. Elles ont l'air si faciles qu'on les donne aux débutants. Au fil des années, j'en ai massacré plus d'une avec entrain. C'est joli, les notes sont à peu près justes, mais en réalité j'ai tout faux : les équilibres, les accents, les phrasés. Il me faudra des mois, peut-être des années, pour éliminer les fautes, nettoyer la sonate de toutes les erreurs dont je l'ai affublée en voulant bien faire.

Heureusement, plus le travail avance, plus je les supporte mal. Peu à peu, la recherche de la perfection devient un impératif catégorique. Avec la précision de mon écoute s'accroît mon indignation devant la persistance des erreurs dans les neurones de ma mémoire digitale. C'est qu'on apprend aussi les fautes (contresens, fautes de lecture ou d'interprétation) par mégarde, pour peu qu'on les répète. Et elles sont tenaces ! Pour s'en débarrasser, il faut ouvrir un nouveau chantier.

Si la sensation est juste, la musique sera belle, c'est ainsi et c'est le grand mystère. Quand le toucher est précis, les discordances se résolvent, les angles s'arrondissent, l'impossible se réalise. Les contraires s'unifient : le mouvement et l'intention, la pensée et le corps, le geste et l'instrument. La corde frappée par le marteau résonne aussi dans les artères du pianiste. Une maladresse ou une nuance trop brutale, et une mauvaise vibration traverse les doigts et le poignet pour remonter jusqu'aux oreilles. Qui n'a pas rougi tout seul en faisant une fausse note ? Le travail consiste d'abord à éliminer les sensations désagréables. On vous le disait, c'est le plaisir qui gouverne. Le privilège d'apprendre est rarement célébré avec les fastes qu'il mérite.

Il me faudra des mois, peut-être des années, pour enseigner à mes doigts les chemins à suivre dans cette sonate de Mozart. Pour leur apprendre à fignoler ce *gruppetto*, à dérouler ce trait qui avait l'air si facile et me semble, une fois joué au *tempo* requis, aussi périlleux qu'un saut de trapèze. Pourtant, il ne s'agit pas, comme le croient les innocents, de se vaincre soi-même. Plutôt de se rencontrer. La patience enseigne que chaque journée difficile peut être rachetée par un progrès infime, les jambes mieux tendues, un entrechat plus précis, un saut de javelot plus réussi. La spirale est sans fin, comme le désir.

C'est parce qu'il vise l'absolu inaccessible que le pianiste sait en recueillir l'écho dans la légèreté d'un accord. Il faut parfois des années pour oser faire vibrer un timbre, aplanir une transition rocailleuse. Tous les artistes connaissent ces joies secrètes qui naissent de l'adéquation momentanée entre l'intention et l'acte. La beauté du geste est une réclame pour le paradis. Sans ces perspectives, ces bouffées d'infini, personne n'approfondirait un art, il n'y aurait ni maîtres de *budo*, ni pianistes, ni gymnastes chinoises.

18

LE MONT HUA

"Chez nous, on conseille à celui qui a cent milles à parcourir de considérer quatre-vingt-dix comme la moitié*." Ils le disent tous : quand on commence l'ascension d'une montagne, le paysage n'est pas le même que celui que l'on découvre en approchant des cimes. D'ici, le sommet de la montagne est caché par les nuages, comme dans les estampes de Hokusai. Nous savons que nous ne l'atteindrons pas. Ce n'est même pas notre souhait : nous n'avons pas non plus envie d'être élus présidents de la République ! La question ne se pose pas. Trop vieux, trop occidentaux, trop citadins. Les véritables adeptes consacrent à leur pratique plusieurs heures par jour, et ils ont commencé à dix-sept ans...

Cependant, même pour nous, dès les contreforts de la montagne, le paysage évolue sans cesse, ce qui le rend énigmatique et donc attrayant : nous voulons savoir la suite de l'histoire, et si la vue est belle après le prochain tournant. Malgré nos efforts

* Herrigel, *op. cit.*

sincères, il nous arrive de faire fausse route. Parfois nous avons trop envie de bien faire : pendant le *ri tsu zen*, par exemple, j'ai beau être sincèrement persuadée de détendre mes épaules, elles passent leur temps à se crisper et à remonter toutes seules dès que mon attention se détourne. Dans un autre exercice, j'ai cru, des mois durant, avoir trouvé la bonne position : j'avais négligé d'observer que le centre de gravité était sur la jambe arrière. L'apprentissage du taï-chi-chuan est **fait** de ces déconvenues, de ces rectifications, de ces déplacements de caméra : le paysage défile.

La bonne volonté ne suffit pas : "Vous ne savez pas étudier sans vous demander sans cesse : mais réussirai-je ? Attendez donc patiemment ce qui vient, et comme cela vient", dit le maître à Herrigel après quatre années d'apprentissage quotidien. C'est la notion même de "réussite" qui devient problématique : un geste qui semblerait juste à un observateur profane apparaît "vide" à l'œil exercé du maître. Il ne suffit pas d'atteindre la cible : Herrigel raconte qu'ayant "réussi" un tir grâce à un artifice – une modification de la position du pouce par rapport aux autres doigts de sa main droite – il s'attendait à des félicitations. Mais le maître manifesta une grande colère. "Mon second coup me parut encore avoir surpassé le premier. Alors, s'avançant vers moi sans mot dire, le maître m'enleva l'arc des mains et s'assit sur un coussin, me tournant le dos."

La juste visée n'est pas un artifice : c'est lui-même que l'archer envoie à la rencontre du centre de la cible. Si l'archer est absent de la flèche, la réussite de son tir est un échec, une parodie. La véritable réussite dépasse la technique, et s'affranchit des règles dans la mesure où elle les possède. De là-haut, paraît-il, le paysage est entièrement dégagé sur trois cent soixante degrés.

Je connais une terrasse, à Montmartre, au sommet d'un parking, où Paris dessine un grand cercle autour de l'immensité goudronnée ; les visiteurs s'y tiennent longtemps debout en plein vent, aspirés par la proximité de l'espace, étourdis par les hirondelles qui leur font des spirales comme on fait des grâces, incrédules devant la volupté d'entendre respirer la grande ville, de sentir la houle du couchant leur dilater la poitrine.

Dans le taï-chi-chuan, la fausse réussite consisterait par exemple à utiliser la force de ses muscles sans la relier au *tanden* central. "Ne remuez pas les branches !" Pour que le geste soit plein, le bras qui avance doit être relié au centre du corps et mû par lui. Et, à travers ce centre, il concerne tous les points du corps, sans exception. Si l'arbre aux branches agitées devient une outre pleine de liquide, il est facile d'imaginer que les ondes se propagent sans faiblir de l'extrémité des orteils jusqu'au visage. Un geste du bras n'est plus que la simple conséquence, *comme naturelle*, d'un mouvement central qui engage tout le corps, des talons à la nuque et au sommet du crâne, en passant par le ventre, les coudes, la poitrine…

Les marionnettes de Kleist* tirent leur grâce de la docilité de leurs membres aux impulsions du centre. "Chaque fois que le centre de gravité décrivait une ligne droite, les membres, eux, évoluaient selon des courbes." Kleist s'attarde sur la ligne que décrit le centre de gravité : souvent une droite, parfois une ellipse. Elle entraîne les bras et les jambes des danseurs miniatures. Et il ajoute : "Cette ligne était aussi, vue sous un autre aspect, quelque chose de très mystérieux. Car elle n'était finalement rien d'autre que le chemin décrit par l'âme du danseur." Les marionnettes ne remuent pas les branches : elles s'abandonnent. Elles n'ont qu'une âme d'emprunt, celle du marionnettiste. Voilà le paradoxe qui bouleverse Kleist : les marionnettes, petits golems, n'atteignent la perfection du geste que dans la mesure où elles n'ont aucune conscience de bouger. En cela, elles sont étrangement analogues à l'archer zen qui "tire sans tirer". Mais, dit Kleist, et c'est là tout son propos, pour retrouver la grâce spontanée de la marionnette – pour "retomber en l'état d'innocence" –, la conscience doit, "pour ainsi dire, traverser un infini". Après ce long détour, la conscience abolie du maître, en dépassant la règle, transcende la technique et rejoint l'inconscience élémentaire.

Si le tronc reste immobile et figé, indifférent au geste du bras qui s'accomplit par ailleurs, le geste

* Heinrich von Kleist, *Sur le théâtre de marionnettes*, Mille et Une Nuits, 1993.

pourra sembler juste ; il sera vide, la caricature de ce qu'il pourrait être. Ce vide intérieur lui interdit d'être efficace : un geste qui n'est pas en prise sur lui-même est sans effet sur le monde extérieur. La première qualité d'un geste efficace est donc d'être plein – mais de quoi, mon Dieu, d'intention, de sève, d'énergie ? Ce plein ne peut se définir que par métaphore, car il appartient à une sphère de l'expérience qui échappe au langage (ce qui n'arrange pas mes affaires !).

Etablir une certaine continuité dans l'intention et donc le geste : voilà un des premiers progrès tangibles dans la pratique du taï-chi-chuan. Mais cette continuité ne peut s'établir qu'une fois déblayé le travail de mémorisation des séquences : c'est le savoir de la forme qui permettra d'anticiper les gestes suivants, et donc de les accomplir sans hésitation ni surprise. Or il nous a fallu des mois, parfois des années, pour mémoriser la lente chorégraphie du *kata* dit "du matin".

Le système scolaire nous habitue – hélas trop peu ! – à mémoriser des poèmes, éventuellement des tirades ou des discours. Mais presque rien n'est fait dans la vie du citoyen non danseur, même s'il est sportif, pour encourager cette mémoire spécifique qui engrange les mouvements du corps. Il se trouve que cette mémoire a des capacités structurantes pour le psychisme : elle transforme une succession discontinue de gestes en narration mobile ; elle transporte du sens. Il en est de même, bien entendu, en ce qui concerne la mémoire musicale qui est le liant, l'humus de l'interprétation. (A cette différence près qu'un air de musique, pour des raisons qui restent à élucider, semble infiniment plus facile à mémoriser qu'un enchaînement de gestes.)

Et la mémorisation n'est pas le plus difficile. Les chances ne sont pas égales, mais à force de répéter les mêmes gestes une dizaine de fois par semaine, tout le monde finit par y arriver. Le souvenir de la forme doit s'inscrire simultanément dans les membres du corps et dans la pensée rationnelle qui fournit les points de repère, les têtes de chapitre ("début de la quatrième section... ah oui, ici mains de nuages... attention à la position du pied... deux fois seulement dans cette section... non, pas maintenant la plongée..."). Peu à peu, sous le nouvel éclairage fourni par la symbiose des deux mémoires, chaque geste se situe par rapport aux autres, se singularise, se fait reconnaître : il y a ceux qu'on retrouve avec plaisir, une petite fête intérieure, ceux que l'on redoute un peu – faut-il vraiment descendre si bas sur les jambes pour tourner ? –, ceux que l'on "réussit" pour la première fois, ceux qui nous ont donné tant de mal et qui semblent aujourd'hui si simples...

Dans l'architecture globale du *kata*, les articulations apparaissent peu à peu, comme dans un texte sans blancs auquel on mettrait une ponctuation et une syntaxe : une clarté nouvelle. Il ne se passe pas autre chose quand on travaille une sonate. Les flous se précisent, des masses se clarifient, des rappels mélodiques se manifestent, et chaque mesure, chaque fragment de texte musical se met à exhaler sa personnalité singulière comme un flacon débouché. La prise de conscience de la structure cachée d'une œuvre (ou d'un *kata*) va de pair avec la saveur qu'elle délivre.

La répétition, voilà qui est difficile. Comment échapper à cette morne plaine ? Sans répétition, pas de paysage, pas de montagne, pas de parfum. Elle se tient à l'entrée du temple comme une armée de fonctionnaires qu'il faudrait saluer un par un. Elle peut sembler fastidieuse, surtout dans une culture obsédée par le spontané, le direct, le saignant. Ce qui fut le symbole de l'esclavage, le geste répétitif de la chaîne, devient l'épreuve par excellence de l'apprentissage. Pourtant, un peu de pratique suffit à le démontrer, la répétition est un leurre : les gestes des hommes (qui ne sont pas des marionnettes) ne se répètent jamais. Il est impossible de s'imiter exactement soi-même. La répétition échappe à la monotonie par d'infimes variations de poids, de distance, d'intention, d'intensité, en un mot de Qualité, comme dirait Robert Pirsig*. Pour la centième fois, je monte cette gamme chromatique aux doigtés impossibles. Chaque fois l'attaque est un peu différente, les faiblesses se déplacent, le crescendo change d'intensité. Avec l'espoir qu'un jour peut-être ces infimes différences entre deux passages du pinceau seront voulues, maîtrisées, libérées de la règle, rendues à la musique…

* *Op. cit.*

Mais le plus ardu n'est ni la mémorisation, ni la répétition qui se met à son service. Le plus difficile ? C'est ce qui semble facile.

La lenteur, par exemple. On croit qu'il est plus facile de se déplacer lentement que rapidement, de même qu'on s'imagine qu'il est moins fatigant de descendre un escalier que de le gravir, et moins malaisé de jouer *piano* que de jouer *forte*. Essayez donc de parcourir deux mètres en cinq minutes d'horloge, en passant d'un pied sur l'autre d'un geste ininterrompu et en gardant les bras levés !

Ou l'imitation. Quoi de plus simple, en apparence ? Même les bébés savent imiter ! Vers sept ou huit ans, alors que j'écoutais, toutes portes fermées, *La Belle Hélène* d'Offenbach, j'étais persuadée d'imiter à la perfection le soprano léger du grand air d'Hélène : "Dis-moi, Vénus, quel plaisir trouves-tu / A faire ainsi cascader, cascader ma vertu…" J'ai déchanté depuis, si j'ose dire.

Un faux bon sens nous fait croire qu'il est facile, et d'ailleurs inutile, d'imiter les gestes d'un autre. D'une manière générale, dans notre civilisation fascinée par la nouveauté, les activités créatrices sont valorisées aux dépens de l'imitation, considérée au pis comme un plagiat, au mieux comme une étape provisoire dans un processus d'affranchissement. On suppose que l'imitation et la création sont des aimants contraires qui se repoussent l'un l'autre. Mais à force d'opposer la tête bien faite à la tête bien pleine (au lieu de les unir), on risque de fabriquer de belles têtes vides.

Et on creuse une faille déjà béante dans la transmission culturelle. La création artistique ou intellectuelle ne se conçoit pas sans référence à une lignée de maîtres. Il n'y a pas de nouveauté véritable sans adhésion préalable à l'expérience reçue du passé, fût-ce pour tenter de la détruire. C'est pourquoi l'imitation est au principe de tout enseignement. Elle se charge de l'essentiel : l'apprentissage du langage, des expressions, des codes gestuels, des rituels amoureux... Pourtant, elle est dépréciée comme le "par-cœur" dans nos écoles et pour les mêmes raisons : trop facile !

Longtemps – on s'en mord les doigts – l'Occident a méprisé le Japon pour son exceptionnelle capacité à imiter la technologie occidentale, comme si l'imitation était une voie de garage, un art de perroquet. Dans l'interprétation d'un *kata*, la frontière ne passe pas entre l'imitation et la création, mais entre la maladresse et la perfection. En d'autres termes, la gloire de l'artiste ne pèse guère face à son désir d'absolu, ce qui n'empêche pas d'inventer. En 1993, au musée du Louvre, une exposition consacrée aux copies de toiles de maîtres par leurs successeurs illustrait magnifiquement le passage de l'imitation à l'inspiration. Rien n'est plus formateur – et donc créateur – que de reproduire fidèlement un geste, fût-il le plus simple : un trait de pinceau, un arpège, une parade... Le maître avance la main, j'avance la mienne : mais je n'ai pas pensé à la position de l'épaule, restée trop en arrière ; quant à mon coude, il s'écarte trop du corps… C'est de l'intérieur que le geste doit être imité, dans sa direction, sa signification : si le sens est clair, si le mouvement est plein, le coude et l'épaule se mettront d'eux-mêmes en place. L'intendance suit.

La difficulté provient de la différence entre l'image de notre corps telle qu'elle nous est transmise par nos sensations, nos habitudes et nos fantasmes, et son image extérieure, par exemple reflétée dans un miroir. Bien entendu, chacun voit midi à sa porte. Les défauts et les erreurs des autres nous apparaissent clairement. Mais pourquoi ne plie-t-elle pas plus les jambes ? Pourquoi avance-t-il tant le pied droit ? Les fautes évidentes se remarquent d'abord chez les autres. Devant nos propres défaillances, notre lucidité a tendance à s'estomper. On est ainsi fait : on croit que vouloir c'est pouvoir. On veut bien faire, donc on croit y arriver. Grave erreur ! Autocritique nécessaire ! Examen de narcissisme !

L'imitation des gestes du maître est instructive justement par ses imperfections. Le débutant se remarque à ce qu'il ne voit pas ses erreurs. Il ne voit pas que la pliure de son genou est trop prononcée, elle lui semble identique à celle du maître. Progresser, c'est percevoir ses défauts. A la limite, ils sont incompressibles. Chacun de nos *kata* est un brouillon plus ou moins hachuré du *kata* idéal représenté par les gestes du maître. Les approximations sont différentes pour chacun avec sa morphologie, sa vitalité, sa concentration. Mais l'erreur est personnelle et pleine d'enseignements, "toujours porteuse de sens*". En mathématiques comme au taï-chi-chuan et au piano, elle participe du style de chacun, de cette indéfinissable singularité qui rend un port de tête aussi reconnaissable qu'une voix, un regard ou une signature.

Le pianiste débutant, pour jouer *pianissimo*, croit alléger son toucher en assouplissant ses doigts : il est victime d'un faux mimétisme entre l'outil et le but. C'est une confusion analogue à celle qui transforme la souplesse en mollesse, la lenteur en douceur ou la force en raideur. Résultat, ses mélodies sont pleines de trous. Le son doit être doux : ce n'est pas une raison pour jouer avec des doigts mous. Au contraire ! Seule la fermeté des phalanges permet le contrôle de l'intensité et du timbre, donc le *pianissimo*. Première découverte, à vérifier sans cesse. Ce qui semble un paradoxe devient une évidence, puis un instinct quand la fermeté des doigts s'allie à une autre souplesse, venue des poignets et du dos qui provoque un allègement des coudes et une sensation générale de bien-être.

Ainsi les découvertes s'enchaînent : les sensations provoquées par le geste lui envoient leurs messages en retour et lui permettent de s'amplifier, de trouver sa courbe, de se mettre sur orbite.

* Stella Baruk, *C'est-à-dire en mathématiques ou ailleurs*, Le Seuil, 1994.

Au comble de l'artifice, le geste devient naturel, coule de source. "J'ai pour maître mon cœur, mon cœur a pour maître mon œil et mon œil a pour maître le mont Hua." Ce qui semble encore un paradoxe n'est pour Shitao que l'expression de l'"Unique trait de pinceau".

Sans prétendre gravir le mont Hua, nous découvrons que la dynamique du voyage se suffit à elle-même, soutenue par le plaisir de surmonter les obstacles. Au cours des années, certains gestes qui semblaient au départ d'une insurmontable difficulté s'accomplissent avec calme. Les acquis se consolident, la mémoire des enchaînements, la pliure exacte de la jambe, la position du pied. Chaque étape franchie fait apparaître un défilé supplémentaire, un canyon à franchir, un paysage tourmenté qu'il faudra aplanir.

Quelle n'est pas la frustration des musiciens amateurs, mes semblables, mes frères, exclus des jouissances les plus hautes, condamnés aux bas morceaux du festin ! Cette piétaille avide qui stationne aux portes du royaume, ce peuple de mendiants alléchés par le son ! Cette diaspora d'affamés, de misérables, de timides ! Incapables d'accompagner un chanteur au pied levé ! De déchiffrer ! De jouer un morceau entier sans erreur !

Les amateurs savent qu'ils comptent pour du beurre au royaume de la musique, ce qui les rend modestes. En réalité, ce ne sont pas des minables (comme voudrait nous le faire croire la connotation péjorative dont les affuble notre belle langue française), mais des amoureux transis, étonnés par la permanence de leur propre passion. L'étymologie est claire : les amateurs sont ceux qui aiment. Ils ont cette chance, ce talent, cette faiblesse. Ils ont le béguin pour la musique. Et, comme l'a écrit un jour à Proust la princesse Bibesco, "l'obligé en amour, c'est celui qui aime". Se laisser aimer procure des plaisirs secondaires, une fierté, un confort, un pouvoir ; alors que le feu de l'amour donné illumine le fond du tableau et rend la vie plus jolie. Les amateurs éprouvent donc une immense gratitude envers la musique qui leur fournit sans cesse de nouvelles raisons de l'aimer. C'est pourquoi ils jouent avec elle, la caressent, la flattent. Pour qu'elle se donne encore un peu plus. Mais comme elle sait se refuser !

Qui a bu boira. La musique est un luminaire qui fait briller la trame de l'existence. L'amateur reste viscéralement fidèle au frisson fondateur qui lui a interdit un destin sans musique. Un jour, un fragment d'univers lui a été adressé. La vérité a dansé dans ses oreilles, dans son cœur. Deux *Ländler* de Schubert, une petite phrase de Vinteuil, un coup de fourchette sur un vase de cristal… Dans *Le Poids de la grâce**, Joseph Roth fait résonner les harmoniques de cet éclat cristallin comme une sonnerie du destin dans la vie de son héros.

* Le Seuil.

Captif de ses rêves d'enfant, l'amateur a gardé la fraîcheur de son futur antérieur et une fierté absurde, déraisonnable, qui lui vient du sentiment de connaître la musique, *de savoir de quoi elle parle*. Il pianote en secret dans les salons vides, toujours prêt à rentrer sous terre devant plus virtuose. N'étant jamais rassasié, il a des désirs en pagaille, ce qui le rend heureux.

Rêve. Je donne un concert en plein air. Le public s'installe sur les chaises de jardin. On chuchote, on m'attend. Je commence à jouer. Je me donne beaucoup de mal pour aller au fond du clavier. Mes doigts s'enfoncent dans les touches mais ne produisent aucun son. Mes doigts sont-ils trop faibles ? Le piano est-il cassé ? Suis-je devenue sourde ? Le son a-t-il cessé d'exister ? Je ne sais que faire : continuer le morceau commencé ou le reprendre du début ? Je recommence : toujours rien. Silence complet, comme au réfectoire pendant le premier plat. Je commence à avoir chaud. Je remarque une dame qui se lève et s'en va vers les grands arbres, au fond du tableau. Je continue à jouer, je transpire à grosses gouttes. Les gens se lèvent et sortent en prenant un air indigné, toujours dans le plus grand silence.

Quand je raconte ce rêve ancien, il se trouve toujours quelqu'un pour remarquer que tous les pianistes, même les plus grands, font des rêves analogues. La peur de l'échec est l'envers du désir. A chacun ses fantômes, ses ratures, ses cicatrices. L'enseignement musical consiste à convertir la crainte d'être incapable en joie de servir la musique.

On pourrait établir une typologie des amateurs, en fonction de leur pratique, de leur nostalgie, de leurs rêves bizarres. Il y aurait l'amateur honteux qui se cache pour jouer "son morceau", espérant secrètement faire entendre son âme à travers ses doigts débiles. Il rougit en avouant son hobby (son violon d'Ingres !) comme s'il s'agissait d'une liaison coupable. "Oui… je pianote…" Ensuite viendrait l'amateur péremptoire qui massacre une fugue de Bach avec une imprécision conquérante ; l'amateur timide qui effleure les touches sans oser en éprouver le poids ; l'amateur enthousiaste qui déchiffre les *Kreisleriana* de Schumann à cent à l'heure, sans se troubler s'il manque une note sur deux ; l'amateur nostalgique qui a l'impression que la musique l'a quitté parce qu'il l'a délaissée…

Parfois, une impulsion le prend : au petit matin, après la fête, il a l'esprit clair et sec. C'est l'heure dangereuse du pourquoi pas. Il pose les mains sur le clavier. Un petit air s'élève, mais les notes vacillent comme des flammes en plein vent. Au bout de quelques minutes, il se rend à l'évidence : doigts gourds, gestes imprécis, lecture hésitante. Le solfège fait défaut, la maîtrise musculaire, la technique enfin, mère de toutes les libertés ! *Mais déjà les oiseaux ont dressé la tête et commencé leurs roulades. Un sanglot lui secoue la poitrine, un gros chagrin qui jure avec la clarté de l'aube, et ses larmes célèbrent ses retrouvailles avec ce monde parallèle, cet espace-temps magnifique où le jeu et le rêve sont licites.*

Il existe aussi, me dit-on, des amateurs heureux, sans complexes ni scrupules, qui vont leur bonhomme de chemin dans le maquis des partitions. Ceux-là sont des explorateurs, des lecteurs insatiables. La littérature musicale passe par le filtre de leur clavier bien tempéré : ils déchiffrent les quatuors de Beethoven dans une transcription pour piano comme d'autres lisent le journal. Je prétends qu'ils n'en gardent pas moins, au fond de leur jardin secret, un petit coin de nostalgie pour la beauté du geste.

Il y a aujourd'hui environ cinq millions de musiciens amateurs en France et ce nombre en expansion a des effets spectaculaires sur le marché du disque et la fréquentation des concerts. L'amateur se distingue du mélomane en ce que sa passion ne se contente pas de la sérénité de l'écoute. Le mélomane n'a nulle cause d'anxiété : il ne se donne pas de but à atteindre. L'amateur, cet impétueux, n'a jamais renoncé au désir de toucher la musique. Pour lui, l'écoute sans les gestes est une déesse sans les bras.

L'amateur solitaire a des défauts d'autodidacte. Il noie les legatos défectueux avec du sirop de pédale, bute sur le même arpège pendant des années, accélère dans les crescendos. En somme, il piétine. Il le sent bien : garder le contact avec la musique, c'est être fidèle à soi-même. Mais seul celui qui accepte de se donner un maître recommence à gravir la montagne. *J'ai retrouvé mon amour intact, plus merveilleux d'avoir été contrarié.*

Certes, il est trop tard, l'échéance est passée : jamais l'amateur n'atteindra les cimes et de toute manière sa vie est ailleurs. C'est sans illusions qu'il reprend l'ascension des gammes. Mais que la route est belle ! Chaque progrès dans la sonorité, la précision, l'interprétation, est analogue à ces tournants en lacets qui dévoilent un nouvel horizon. Jour après jour, l'amateur vérifie que le plaisir de progresser est une récompense en soi, qui compense largement le recul du mirage. Il recherche l'excellence, sans trop souffrir de la manquer. Plus il avance, plus la musique lui parle clairement, et plus elle lui semble inaccessible et donc désirable. Tel le skieur du dimanche contemplant, au flanc du Cervin, les courbes inspirées d'un as de la poudreuse, il nourrit son rêve en admirant les "vrais" pianistes.

Jamais dans cette vie il ne connaîtra le pays de la glisse fabuleuse où les arpèges de Schumann déroulent leurs volutes sans effort, où chaque note apparaît à sa juste place dans la phrase musicale, où aucune maladresse n'interrompt le fil mélodique. Et plus il mesure ses insuffisances, plus il est sensible à la perfection des maîtres, à la magie d'un phrasé, l'évidence d'un ralenti, la souplesse d'un arpège : cela est donc possible ! La perfection est un mythe, un appel des lointains. Il se contente de le savoir et cela lui suffit. Car l'amateur est avant tout philosophe. Nécessité fait loi...

19
AUGUSTINE ET GRADIVA

Une caresse, un entrechat, un coup de poing, un trait de pinceau… signaux éphémères ou éraflures de sens sur les parois du temps ? Mais les gestes ne sont-ils pas le tout de l'activité humaine ? "L'homme est fondamentalement actif et ne peut rester immobile", dit le maître de sabre Itusaï Chozanshi*. Pour écrire, ne faut-il pas bouger la main ? Et pour penser, ne faut-il pas se gratter la tête, se frotter les yeux ? Et pour parler, remuer les lèvres (et les mains !) ? Les gestes du chanteur sont en grande partie internes : ils mobilisent le larynx, la luette, la poitrine, le ventre, le dos, les épaules, le cou, les reins… Sont-ils moins réels pour être invisibles ?

Quelle est la différence entre l'immobilité et le mouvement ? A quelle seconde exacte se situe la naissance d'un geste ? L'immobilité peut devenir mouvement par quantités discrètes, comme la nuit devient jour, comme le silence devient son. C'est

* Cité par Kenji Tokitsu à propos de Miyamoto Musashi *(op. cit.)*.

toute la différence entre la promesse de l'aube et l'éclairage municipal. Dans l'exercice du *ri tsu zen*, une fois apaisées les douleurs des cuisses, la conscience d'être immobiles cesse de nous torturer quand nous réalisons qu'en fait nous bougeons sans cesse, nous respirons, notre cœur bat, nous remuons un peu les épaules ou la tête : l'immobilité n'est qu'une idée abstraite. Elle n'existe pas plus que la répétition ou le silence. (Le cinéaste Jules Dassin a dans ses archives une bande sonore enregistrée sur l'Acropole au milieu de la nuit. Il l'utilise chaque fois qu'il lui faut un vrai silence dans un de ses films, là où un silence mécanique sonnerait faux.) Nous sommes le siège d'un mouvement perpétuel, d'une activité intense qui n'est pas simplement la circulation du sang ou le battement des organes, mais le grondement des profondeurs, la sourde vibration du vivant.

N'est-ce pas dans la gracieuse immobilité d'un bas-relief que l'archéologue Norbert Hanold, le héros distrait de la *Gradiva* de Jensen*, détecte, comme une étincelle de lumière venue de la nuit des temps, la bouleversante beauté d'une démarche féminine ? "Elle possédait quelque chose qu'on ne rencontre pas souvent dans les statues antiques, une grâce naturelle et simple de jeune fille, d'où venait cette impression qu'elle débordait de vie.

* Cf. Sigmund Freud, *Le Délire et les Rêves dans la Gradiva de Jensen*, précédé de *Gradiva, fantaisie pompéienne*, par Wilhelm Jensen, Gallimard, 1986.

Cela devait provenir surtout du mouvement dans lequel elle était représentée. La tête légèrement penchée en avant, elle tenait un peu remontée de la main gauche la robe dont les extraordinaires petits plis ruisselaient sur elle depuis la nuque jusqu'aux chevilles, en sorte qu'on apercevait ses pieds chaussés de sandales. Le gauche était déjà avancé et le droit, se disposant à le suivre, ne touchait plus guère le sol que de la pointe des orteils tandis que la plante et le talon se dressaient presque à la verticale."

Fasciné par cette verticale, Norbert Hanold se livre à d'équivoques enquêtes podologiques, questionne ses amis sur la position du pied des femmes en mouvement. Il lui paraît indispensable de comprendre le lien entre cette improbable posture et le pas entier dont elle n'est qu'un instantané. Il lui suffirait pourtant d'ouvrir les yeux : dans la démarche de Gradiva, qu'il rêve vivante, déambulant dans les rues de Pompéi juste avant l'éruption du Vésuve, il ne reconnaît pas celle de sa voisine, Zoé Bertgang. A sa fenêtre, un canari chante. Il la connaît depuis l'enfance, du temps où ils jouaient ensemble. Mais il a si profondément refoulé le souvenir de ces jeux troublants qu'il ne reconnaît même plus Zoé quand elle descend l'escalier ou passe dans la rue. A la place, il rêve de Gradiva, "s'éloignant sur les dalles piétonnières d'où elle faisait s'enfuir un lézard moiré d'or et de vert".

Ce délicieux roman auquel Freud consacra un célèbre commentaire raconte le retour à la vie d'une âme morte. Aspiré par les vieilles pierres, Norbert Hanold est absent sur cette terre, étranger à son propre désir, inconscient de son destin. Par le détour de la statue immobile – un *rêve de pierre** ! –, il retrouve la mobilité, la grâce, le désir. Par la beauté du geste il retrouve le goût de la vie.

La démarche de Gradiva est inoubliable pour qui l'a une fois imaginée, pour qui a lu le roman. Jensen nous apporte une bonne nouvelle** : l'écrit peut donc capter le mouvement, du moins jusqu'à un certain point, non moins qu'un bas-relief ou une photographie.

Sur les rapports ambigus entre l'immobilité et le geste, je ne connais guère de document plus troublant que les photographies d'hystériques de la Salpêtrière, commentées par Georges Didi-Huberman***. L'appareil photographique semblait enfin pouvoir réaliser dans l'instant le prodige accompli par le sculpteur anonyme de Gradiva

---

* Titre (emprunté à Baudelaire) d'un article d'Isi Beller sur *Gradiva, Tel Quel*, Le Seuil, 1991.
** Après Baudelaire, encore et toujours ("A une passante") : "La rue assourdissante autour de moi hurlait. / Longue, mince, en grand deuil, douleur majestueuse, / Une femme passa, d'une main fastueuse / Soulevant, balançant le feston et l'ourlet..."
*** *Invention de l'hystérie. Charcot et l'iconographie photographique de la Salpêtrière*, Macula, 1982.

– "L'artiste l'avait en pleine rue prise sur le vif au passage" : fixer le mouvement en plein vol. C'est ainsi qu'un certain Regnard a mitraillé Augustine, une des grandes hystériques de l'époque Charcot. Mais comment impressionner une âme à la dérive sur des plaques de collodion humides ?

Une série intitulée *Attitudes passionnelles* montre Augustine en chemise sur un lit, cheveux défaits, dans tous ses états : ici, elle se pâme ; là, elle supplie, tire la langue, roule les yeux, tétanisée… Une planche la saisit au début d'une attaque d'"hystéro-épilepsie" : bras attachés en arrière, poitrine comprimée par la camisole, elle a la bouche ouverte, on entend presque son cri de terreur. Seulement voilà : ces extases, ces torsions, ces cris ? *Tutto preparato !* Ces instantanés à prétention scientifique étaient le résultat de minutieuses mises en scène qui mettraient à l'épreuve la patience de nos mannequins modernes.

A l'ère du Kodak Instamatic – et plus généralement de la communication instantanée –, on oublie que l'art photographique, au stade primitif, supposait un temps de pose plus ou moins long, pendant lequel le modèle devait se tenir immobile. A la Salpêtrière, les photographes disposaient d'un véritable laboratoire : "Un dispositif protocolaire : estrade, lit, écrans et rideaux de fond, noirs, gris foncé, gris clair ; appuie-tête, potences…" Combien de temps Augustine a-t-elle dû conserver le rictus particulièrement disgracieux de la planche XXVI ? "Voyez le vent d'effroi qui semble passer sur le visage d'une autre hystérique dite Rosalie, écrit Georges Didi-Huberman ; eh bien, ce n'est pas du tout un passage, mais plutôt une durée intensive, une véritable «contracture de la face», qui permit la relative netteté d'image, pour un temps de pose qui était fatalement long." La pesanteur temporelle d'une technologie primitive empêchait ces clichés d'atteindre leur objectif officiel : révéler au médecin la vérité intérieure de la folie. Au contraire : le temps de pose, parce qu'il oblige les hystériques à accentuer le côté théâtral de leurs symptômes, fait de ces photographies d'excellents révélateurs des obsessions médicales de leur temps. Telle est la perversité paradoxale de la mise en scène : en déformant les gestes pour mieux les donner à voir, elle masque la réalité dont ils émanent et qu'ils sont censés révéler. La beauté du geste n'est pas une tentative de séduction. Ce qui la rend irrésistible, c'est son innocence.

C'est pourquoi les sensations d'Augustine, ses extases et ses terreurs, sont recouvertes d'un épais mystère. On sait seulement qu'elle finit par s'enfuir de la Salpêtrière, comme Babar et Céleste s'échappèrent du cirque en pleine nuit pour se réfugier chez la Vieille Dame.

20

LA RÉPONSE EST OUI

La musique et les *kata* racontent des histoires. Chacun peut choisir la sienne. Plus la structure est ferme, plus rigoureux le respect de la règle, et plus l'envol narratif se fait librement.

Les quatre premières mesures de la *Sonate en si bémol majeur* K. 570 de Mozart évoquent pour moi un homme qui s'avance les bras ouverts, à grandes enjambées (des blanches et des noires alternées). Il vient vers moi et me pose une question. C'est une *ouverture*, au sens fort de ce mot. Les mains du pianiste, pour faire danser ces sept premières notes (jouées à l'unisson), lever ces sept voiles, doivent allier douceur et intensité, fermeté et souplesse, ardeur et retenue : de cette pesée au milligramme surgit l'énoncé de la question. Par exemple :

— *M'aimes-tu ? Es-tu heureuse de me voir ?*

Mystère de cette pesée, de cet alliage. Au taï-chi-chuan, la plénitude d'un geste dépend aussi de l'harmonie entre les forces contradictoires, les tensions, les résistances qui lui assignent son tracé. A la septième note, le doigt quitte à regret le dernier *fa* posé dans l'aigu, comme on lâche un point d'interrogation dans l'espace. La main s'envole dans le suspens qui précède la réponse : une petite mélodie en croches qui conclut et rassure, en s'y prenant à deux fois pour ramener la tonalité. C'est une révérence. Elle exprime la joie de la rencontre. Un délicieux *gruppetto* précède l'ascension bondissante vers la dominante du *fa*, et la descente en volutes vers la tonalité majeure du *si*. L'atterrissage a lieu sans encombre. Retour à la chambre d'amour, après la promenade.

— *La réponse est oui.*

Tout cela est très gai. Une série d'acquiescements. Pourquoi ce *oui* est-il, pour moi, le parfum même de Mozart ? *En vacances à Biarritz avec mes parents, je me réjouissais de visiter, comme ils me l'avaient promis, un lieu mystérieux appelé "la Chambre d'Amour". Mon père a garé la voiture à la lisière de la plage et nous avons marché vers la mer. Elle était démoniaque ce jour-là, ses vagues étaient de longues flammes bleues dardant leur langue d'écume vers les nuages bas. C'était magnifique, mais j'attendais toujours que mes parents m'emmènent dans la fameuse Chambre dont j'avais tant rêvé. Surpris de ma demande, ils dirent à l'unisson : "Mais c'est ici !"*

L'Amour, c'était donc cette splendeur sombre, ces agitations océaniques, ce ciel lourd. J'acquiesçais. Oui, c'est ici. La Chambre avait le vide pour plafond, le sable pour plancher, les corps de mes parents pour piliers ; je croyais comprendre comment une plage pouvait devenir une chambre. Je voyais l'espace chanter. Il suffisait d'y mettre des murs, et surtout des fenêtres. Et des êtres aimés, des corps magnifiques, des visions nocturnes. J'étais secrètement déçue, mais je comprenais : il faut à l'Amour de grands espaces pour déployer ses fastes, pour tout donner en un seul geste quand la lune est pleine, pour façonner un enfant comme une rose des sables. Plus tard, la Chambre d'Amour a rejoint la nuée bleue des Rockies dans la malle secrète où j'ai rangé mes illusions chéries.

La technique prend appui sur l'image mentale pour rechercher le point d'équilibre entre la pesanteur et la grâce. De ce point de vue, la question "M'aimes-tu ?" ou le fait d'écraser du pied un ballon invisible sont de nature identique : ce sont les béquilles du geste. Les images mentales incorporées dans la technique lui donnent sa pleine dimension. Cessant d'être purement mécanique, gymnastique, la technique devient le mode de croissance de l'efficacité expressive, qu'elle soit musicale ou martiale. Elle semble même, parfois, se confondre avec elle. Mais son but reste son propre dépassement : en affinant sa technique, le pianiste prépare le moment où elle cessera de le martyriser pour se mettre à son service. Quand ce but est atteint, même pour un bref instant, la technique est oubliée, ainsi d'ailleurs que les doigts, la partition, le piano, et le pianiste lui-même : seule règne alors la musique.

Les images mentales, qui font partie de la technique, ont elles aussi vocation à s'éteindre. "Ici, allume une étoile", a écrit Boucourechliev sur la partition de ma *Partita* de Bach *en do mineur*, à la fin de l'ouverture, juste avant la fugue. Ces étoiles se placent aux sommets successifs d'une escalade : à chaque envol, les triples croches touchent le ciel. Ainsi l'allumeur de réverbères, dans *Le Petit Prince*, fait le tour de la planète avec sa petite flamme. Depuis des années, chaque fois que je joue cette partita, l'allumeur de réverbères apparaît, toujours à la même mesure, et se fait oublier quelques mesures plus tard. Il semble habiter là.

Il est aussi discret que la dame qui logeait avec ses six enfants dans un grand soulier à lacet. Une petite échelle leur permettait de grimper jusqu'au rebord pour sortir se promener. Ils faisaient quelques tours sur le plancher de ma chambre, en territoire conquis. L'un d'eux se prenait les pieds dans les cheveux de ma poupée. Comme Percinet dans sa prison, je m'évertuais en vain à les faire rentrer dans leur logis.

Ces constellations imaginaires sont transitoires, destinées à s'effacer d'elles-mêmes une fois leur mission remplie, à laisser la place à d'autres, à se soumettre à la musique. Certaines ne sont associées qu'à la partition, à la lecture de la chose écrite : dès qu'on joue par cœur, elles s'estompent, remplacées par d'autres. Certaines ont le don de s'attarder, aussi insistantes qu'un parfum dans le sillage d'une cocotte. Associées à une mesure, un thème, une résolution, elles traînent à leur suite une longue série de paysages mentaux qui s'appellent l'un l'autre. Avec le temps, elles deviennent floues, fragments de souvenirs accrochés aux branches de la mélodie comme du coton sur un peigne. Plus tard, peut-être, quand la musique aura envahi tout l'horizon, elles deviendront inutiles. On ne sait.

Quelquefois, les pensées associées à une mesure de musique ou à un passage du taï-chi-chuan n'ont aucun rapport avec le geste accompli. Elles viennent se cogner là comme des oiseaux errants, détachées de leur base, fourvoyées dans un monde qui ne les concerne pas. Celles-là sont des garces, de vrais pots de colle, des parasites teigneux. Comme le sparadrap du capitaine Haddock collé au doigt qui l'arrache, elles sont la friture sur la ligne, la vengeance de la banalité.

Il est bien rare, par exemple, qu'en plein travail sur la première étude de l'opus 10 de Chopin, ne s'impose fugitivement à moi le souvenir de X. Je ne vois aucun rapport entre ce personnage désagréable et cette étude somptueuse qui se laisse apprivoiser en faisant le gros dos. L'arrivée de X. dans le champ de ma conscience, que je voudrais tout occupée à mesurer l'écartement de mes doigts et la souplesse de leurs virages, me fait l'effet d'un couteau qui grince dans l'assiette. J'éprouve à son égard un dégoût incoercible. Heureusement, l'évocation de X. n'est qu'une pensée de surface, un Post-it déposé par le vent, une feuille morte de la mémoire : mes gestes ne sont nullement affectés par cette interférence. Dans le monde réel, l'étude continue à dérouler ses méandres magiques. Après quelques mesures, le visage de X. devient flou comme une photographie surexposée, puis disparaît. Hélas, il revient toujours à la même page, sans raison, comme le fantôme de Canterville : vieux et ridicule, avec des chaînes rouillées et des lambeaux de chair en décomposition accrochés à son squelette.

La distinction entre les pensées parasites et les évocations fécondes se fait d'elle-même. Celles qui sont en rapport avec la musique – ou avec le geste du taï-chi-chuan – sont à mettre au crédit de la concentration. Celles qui tournoient comme des hirondelles en piaillant comme des folles doivent être bannies sans pitié.

Bien sûr, la sonate de Mozart raconte à chacun sa propre histoire, entièrement lisible dans les gestes du pianiste. On l'entendrait presque sur un piano muet et ce serait une belle musique pour les sourds. Comme nous, ils entendent leurs pensées dans la musique inaudible des gestes. Il ne faut pas croire qu'ils n'aiment pas la musique. D'ailleurs, ils savent admirablement la mimer, comme on le voit dans le film de Nicolas Philibert, *Le Pays des sourds*. Les malentendants, qui dépendent des gestes pour communiquer (la parole sonore, quand ils parviennent – et souvent à quel prix ! – à en maîtriser l'usage, reste pour eux une langue étrangère), savent de quelle richesse de significations les gestes peuvent être porteurs. De ce point de vue, face à eux, nous sommes d'incurables illettrés. Nous ne percevons pas le centième des messages potentiels de nos gestes.

Cet illettrisme corporel se manifeste en plein jour chaque fois qu'un nouvel enchaînement nous est proposé par Kenji Tokitsu. Reproduire sans erreurs trop criantes une succession de gestes simples est déjà d'une extrême difficulté pour les citadins sédentaires que nous sommes. Mémoriser cette séquence peut prendre des mois de patientes répétitions. Résultat des courses : après des années de pratique, nous en sommes encore à épeler l'alphabet.

Notre nullité s'explique aisément. Rien ne nous prépare à considérer les gestes de la vie comme des exercices philosophiques. Personne ne nous a conseillé d'y prêter attention, de cesser d'y voir des corvées, de les aimer, de les perfectionner. Dans les cours de maintien, on apprenait aux jeunes filles à faire bonne figure, non à habiter leur démarche. Dans les disciplines sportives, le geste est au service de la performance, non l'inverse. Dans notre société, cultiver la mémoire des gestes est incongru, entraîner la mémoire des mots est démodé.

C'est pourquoi j'ai longtemps pris les gestes pour des accessoires de la vie, des seconds rôles. Au piano, je restais en surface, croyant pouvoir atteindre la musique directement, sans me pencher sur ce que faisaient mes mains. Quant aux disciplines du corps, elles me semblaient moins nobles que celles du langage, que je croyais être le seul lieu du savoir (mais non du plaisir !).

La valorisation de l'intellect et du langage aux dépens du corps et des gestes est un des préjugés les plus tenaces de notre univers mental, au point que la remettre en question représente une véritable aventure, une expérience des limites. Cette hiérarchie imbécile ne persiste dans nos têtes que grâce à un *a priori* qui fonde notre vision du monde, même si nous croyons en être affranchis : la séparation du corps et de l'esprit, aussi caduque et illusoire que la séparation de l'Eglise et de l'Etat est noble et utile.

Chacun peut en faire l'expérience. Dès que l'on s'efforce d'accomplir un geste en pleine conscience, on s'aperçoit que la réussite de cette tentative dépend de la circulation du souffle dans les artères, les poumons et les muscles. Le souffle se fraie un chemin à travers toutes nos activités, et nos paroles elles-mêmes. (Le plaisir mortifère de la fumée de cigarette traçant sa voie dans nos poumons confirme par l'absurde l'importance du souffle.) Tout au long de notre vie, nous respirons de manière inconsciente. Or il nous est possible, par un étrange privilège, de contrôler ce flux automatique, de le modeler, de le diriger : c'est pourquoi le souffle est animé par la conscience, bien qu'il soit automatique. Mais la bouche ne se clôt jamais sur elle-même, car le corps agit aussi sur l'esprit, le souffle retourne à sa source. Après un cours de taï-chi-chuan, notre humeur est plus claire. Quelque chose a bougé. La clarté des pensées est une manifestation de la beauté du geste.

21
POURQUOI JE SUIS MOI ?

Cligner des yeux, se gratter le nez, se frotter le visage, remonter son chignon, ajuster la bandoulière de son sac, se ronger les ongles... Rainer Maria Rilke décrit les esquisses de Rodin comme d'"étranges documents de l'instantané" : une collection de gestes négligés, secondaires, exécutés par un modèle qui ne se sait pas observé. Leur grand mérite est d'être spontanés, délestés de la préoccupation narcissique du modèle devant le peintre. D'où leur puissance révélatrice.

La plupart de nos gestes sont automatiques, du moins ceux qui font la trame de la vie, qui peuplent les interstices de la durée, les moments d'attente, les trajets, les intermittences de l'inspiration. Selon Rilke, Rodin serait en quelque sorte le premier à saisir l'inconscient du geste : "Dans les visages est inscrit l'air qu'on respire." Ses dessins fragmentaires, pris sur le vif comme la Gradiva antique, seraient alors l'équivalent artistique du "mot d'esprit" de Freud, des révélateurs, des indiscrétions : des visions.

Ne sommes-nous pas distraits la plupart du temps, absents de nos gestes ? Combien de petits mouvements, dans une journée, effectués à blanc, sans contenu et sans but ? Et qui donc les guide, si nous n'y pensons pas, si nous n'y sommes pas ? Etes-vous présent dans chacun de vos pas ? Et dans vos étreintes ? Cette fois, c'est le Rilke des *Elégies de Duino** qui pose la question :

> *Amants qui vous suffisez l'un à l'autre,*
> *C'est vous que j'interroge sur ce que nous sommes.*
> *Vous vous étreignez. En avez-vous la certitude ?*

"Un jour, en allant au lycée, dans la lumière du printemps, comme je marchais avec la tache noire de mon ombre sur le chemin de terre qui surplombe les champs de riz, j'ai essayé de marcher réellement, d'être présent dans chaque pas ; mais en vain." Cette question, que s'est posée l'adolescent japonais que fut Kenji Tokitsu**, allait devenir pour lui une exigence essentielle et déterminer sa vocation dans les arts martiaux. Dans les mêmes circonstances, un adolescent français se serait posé une question angoissée sur la rationalité du langage, l'existence de Dieu ou sa propre réalité. "Pourquoi je suis moi ?" demande la petite fille qui s'endort. "Pourquoi, mais pourquoi, quand je suis née, c'était moi et pas quelqu'un d'autre ?" (*Comme dit le sage indien : Puisque la vie est un songe, je*

---

* Traduit de l'allemand par Maximine, Actes Sud 1991
** *La Voie du karaté, op. cit.*

ne suis pas né, je ne mourrai pas.) Bientôt, l'enfant comprend que la réponse n'est pas disponible : il ne peut la trouver qu'en lui-même.

Cependant la question de Kenji Tokitsu apporte un commencement de réponse (n'est-ce pas le rôle des questions ?) : instrumentale, concrète. La sidération métaphysique se mue en recherche. La conscience réflexive se fond dans l'acte. Le pourquoi s'efface derrière le comment. L'angoisse s'apaise en produisant une technique. Comment être vraiment moi-même ? Derrière cette question urgente, immédiate, comportant des solutions techniques et des prolongements multiples, le vertige ontologique s'estompe. Je ne sais qui je suis : on verra plus tard. Mais en attendant d'affronter de nouveau le mystère, comment faire pour vivre réellement ma vie, être qui je suis, manger ce que je mange, marcher quand je marche, entendre ce que j'écoute, voir ce que je vois, savourer mes sensations, regarder intensément les créatures du monde et de l'art, les faire miennes ? Y aurait-il par hasard une tâche plus importante que de vivre réellement sa propre vie ?

Puis-je accorder l'expression de mes émotions à la vérité de mes sensations ? Comment surmonter cette tricherie instinctive qui nous contraint à marcher à côté de nos pas, à regarder nos gestes comme s'ils étaient ceux d'un autre, à chercher la vérité dans son reflet ? Comment être sûr de ne pas embrasser à moitié, caresser machinalement, rire trop fort, simuler l'émotion ? Comment ne pas douter de ma propre sincérité quand je souris, quand je séduis ? Comment remplir mes gestes, les rendre justes, harmonieux, efficaces ? Comment accorder à l'instant présent l'attention qu'il exige du seul fait de se confondre avec la réalité tangible ?

On se pose rarement ces questions élémentaires dans notre monde soumis à la dictature des horloges et amoureux des surfaces, où l'image s'est détachée de son support, où la communication vide remplace la parole pleine, où l'emballage précède le contenu, comme l'existence l'essence. On annonce des univers virtuels digne du film *Total Recall* (basé sur un livre de Philip K. Dick*) : transporté dans un univers de son choix, le client se fraie un chemin dans la jungle à coups de machette. Bien entendu, tout est faux : les feuilles qui effleurent son front, les chants d'oiseaux, la machette, le ciel humide des tropiques, les bourdonnements, les piqûres d'insectes…

La sensation est là, parfaite ; elle ne correspond à aucune réalité, sinon celle des circuits électroniques. Ces univers virtuels seront bientôt au cinéma ce que le cinéma est à l'écriture. De l'un à l'autre, il y a chaque fois la distance qui sépare le trompe-l'œil de l'hallucination. L'avantage de la réalité hallucinée, c'est qu'on peut retoucher la

---

* Ses romans sont publiés chez Omnibus. Lire aussi sa biographie par Emmanuel Carrère : *Je suis vivant et vous êtes morts*, Le Seuil, 1993.

photo : choisir la couleur du ciel, la forme des nuages, inventer le film dont on sera le héros. Dans ces paradis artificiels, le réel épuré doit procurer une jouissance totale, sans mélange et sans objet. Rien n'est là qu'un sujet bombardé de stimuli factices. Il n'y a pas âme qui vive dans ces régions du monde. "L'amour n'est pas aimé*."

Comment donc trouver, dans le brouhaha des cités modernes, le calme et la persévérance nécessaires pour accorder une attention soutenue à tout ce qui arrive, une conversation au téléphone, la marée des voitures sur le boulevard, un aveu murmuré, le grain de ta peau ?

Etre ici cette nuit, loin de toi ? Sur mon bureau mal rangé viennent échouer mes pensées fatiguées. Je guette mon écran d'ordinateur : s'y inscrivent noir sur gris des mots qui n'en finissent pas de naître, petits anges expulsés d'un rêve sans rêveur. C'est l'été : l'absence a aussi sa musique. Le ventilateur fait tournoyer des moucherons dans le cône de ma lampe. Je les écrase du bout du doigt, il n'en reste qu'une petite bouillie verte.

---

* Titre d'un roman d'Hector Bianciotti, Gallimard.

22

LA BOTTE DE NEVERS

"Je voudrais creuser un peu ce problème, et voir si cet étrange divorce entre l'être de l'homme et ses actes ne nous aidera pas à comprendre ce qui fait dérailler ce foutu XXe siècle." Tel est le projet de Robert Pirsig dans son *Traité du zen et de l'entretien des motocyclettes**, ce voyage initiatique sur les routes secondaires américaines. Pirsig réussit, c'est un comble, à faire partager à ses lecteurs sa passion pour les bielles et les boulons.

En toute logique, la recherche de la plénitude du geste devrait sonner le glas des hiérarchies que nous établissons habituellement entre nos activités : changer une roue de voiture ou préparer un repas devrait exiger une concentration analogue à celle qui convient à une Etude de Chopin. Tout au long de son livre, Robert Pirsig encourage le motard amateur aux prises avec son moteur rétif : "Il y a une solution à l'ennui, pour certains travaux de routine, comme la vidange, le graissage, le réglage. C'est d'en faire des cérémonies." Frotter les bougies,

* *Op. cit.*

nettoyer la batterie, faire la vaisselle, descendre la poubelle, repriser des chaussettes… La transmutation de la corvée en cérémonie est l'affaire des enfants et des sages, une élévation interdite aux simples mortels. Mais il suffit peut-être de proclamer le miracle possible pour qu'il commence à se réaliser.

Avec la cérémonie, la banalité disparaît : le sens pénètre partout, dans chaque geste, chaque attitude, chaque rencontre, chaque visage. C'est ce qui arrive à Malte Laurids Brigge dans les rues de Paris : chaque objet, chaque événement se charge de son poids de réalité. Plus rien n'est secondaire puisque tout est réel. Toutes choses égales par ailleurs, le moucheron qui s'écrase sur ma lampe n'est pas moins réel *(ou irréel !)* que l'œuvre de Shakespeare. "J'apprends à voir", écrit Malte-Rilke*. Puis : "Comment dire ce qu'est une voiture vert clair qui passe sur le Pont-Neuf ou une affiche sur un groupe de maisons grises ? Tout est simplifié, ramené à quelques plans justes et clairs comme le visage d'un portrait de Manet. Et rien n'est insignifiant ni superflu."

Cet idéal nous semble séduisant, mais inaccessible. Au fond, nous ne nous sentons pas concernés. Il y a peu de place – quelques strapontins ! – dans notre culture qui se croit matérialiste, pour cette attention hallucinée au détail, cette vénération du concret qui fait l'ordinaire des civilisations

---

* *Op. cit.*

asiatiques. L'efficacité, chez nous, les machines s'en chargent. L'Occident fabrique des prothèses qui transforment ses habitants en sédentaires connectés à d'innombrables réseaux. La matière, on la découpe, on la scrute au microscope, on lui arrache ses secrets, on lui ajoute des polymères et des polymorphes, on lui soutire la liste de ses gènes, on tripote tout ça avec délectation, avec ce vertige constant que donnent les changements d'échelle : du proton de base à la cellule lambda, la différence de taille est intersidérale ; si grande que le passage du noyau atomique à l'unité biologique équivaut au passage d'une réalité dans une autre, à un saut de la pensée.

Quant au corps, il n'est plus cette outre opaque qu'il était depuis la nuit des temps, mais une maison de verre, un fichier d'images multicolores. Exploré dans ses moindres recoins, exposé aux sondes, scanners et autres périscopes, photographié sous toutes les coutures et à toutes les échelles, manipulé, transfusé, transformé en kit, en assemblage de pièces détachées, il semble avoir livré ses secrets. Pourtant, un récit comme celui d'Oliver Sacks dans *Sur une jambe** révèle aux chirurgiens une autre dimension de leur art.

Après une chute spectaculaire dans les montagnes de Norvège, ce neurologue génial raconte

* Le Seuil, 1987.

son accident et ses suites médicales. Avec un quadriceps arraché, seul dans les altitudes glacées, il doit redescendre en rampant jusqu'à la ville où il est opéré d'urgence. Opération réussie, selon les chirurgiens. Mais au réveil Oliver Sacks s'étonne de trouver dans son lit un énorme objet blanc qui occupe la place d'une personne et le dérange énormément. Furieux, il appelle l'infirmière, s'énerve, s'indigne et, avec l'énergie du désespoir, s'empare de cette chose encombrante, la jette par terre... et se retrouve sur le sol avec elle. Quand l'infirmière lui explique que cet objet est sa propre jambe plâtrée, il a le plus grand mal à la croire. Intellectuellement, il veut bien l'admettre, mais cette vérité est tellement contraire à son expérience qu'il ne peut la faire sienne.

"Pensez à un mouvement, pas à un muscle", lui dit la kinésithérapeute. Il faudra de longues semaines de rééducation – et le concerto pour violon de Mendelssohn – pour qu'il retrouve la sensation et donc l'usage de sa jambe : "Soudain, sans aucune transition, ma jambe gauche redevint vivante, réelle et mienne [...] J'étais dans le couloir, en train de revenir vers ma chambre, lorsque se produisit ce miracle, la musique, la marche, l'actualisation de ma jambe, tout en même temps. Désormais, j'en eus la certitude absolue, je pouvais croire en ma jambe, je savais, de nouveau, marcher."

Il redécouvre avec exaltation le corps réel, celui dans lequel la sensation correspond au geste et circule sans entraves des chevilles aux hanches et jusqu'à la racine des cheveux. Etre présent dans chaque pas signifierait que l'avancée d'un pied, si elle est pleinement vécue, incarne toute la réalité à un moment donné. "Le retour de cette jambe perdue m'emplissait d'un immense bonheur. Ma jambe était revenue chez elle, dans son foyer, en moi. C'était dans l'action que mon corps s'était brisé, et seulement maintenant, depuis que mon action corporelle était redevenue une, mon corps se ressentait de nouveau comme un tout."

L'expérience d'Oliver Sacks est d'autant plus troublante qu'il revient sans cesse sur le rôle joué par la "glorieuse musique de Mendelssohn" qu'il a entendue la veille et qui lui monte soudain à la tête comme un alcool de liberté, alors qu'il s'escrime à faire avancer sa jambe morte qui n'a pas plus de volonté qu'un robot déconnecté. Même les détracteurs du concerto de Mendelssohn doivent lui reconnaître une exceptionnelle vigueur mélodique. Mais un air d'opérette ou une chanson de Brassens pourrait avoir le même effet : il suffit que cette musique ait un sens pour celui qui l'entend. La mélodie rétablit la continuité, relie les fragments. "Elle était la quintessence de la vie (Kant disait que la musique était l'«art vivifiant»), et elle vivifia mon âme, et, avec elle, mon corps, ranimant soudain mes mouvements et ma mélodie perceptive et kinétique [...]. A l'instant même où mon corps devint action, ma jambe, ma chair redevinrent vives et vivantes, ma chair devint musique, musique tangible et incarnée." Et Oliver Sacks conclut en citant T. S. Eliot : "On est la musique tant que la musique dure."

La musique s'accorde à la beauté du geste, qui est toujours une danse, même si la musique est silencieuse. Entrer dans la musique, c'est entrer en soi-même. L'éthique orientale prescrit ce qu'Oliver Sacks découvre : le bonheur d'être réellement soi-même, ni plus ni moins, le bonheur d'être entier : jambes et viscères, cœur et souffle, orteils et cervicales. Mais tout cela relié, compact, rassemblé par le feu intérieur, la vigilance, le souffle – la musique, en somme. Oliver Sacks retrouve sa jambe quand il parvient, grâce à la ligne mélodique du violon, à la relier au reste de son corps. Les arts martiaux enseignent l'unité du corps, comme le montre l'attention constante au centre, à tous les centres : centre de gravité, centre du corps de l'autre, centre des épaules, du front, de la poitrine, du ventre, centre de la cible. Pas d'équilibre, donc ni force ni grâce sans cette constante activité de repérage.

Nos écoles, mythes et feuilletons n'accordent guère d'importance à l'éthique de la présence à soi. D'où peut-être cette impression que nous avons si souvent de vivre à côté de nous-mêmes, de passer à côté de la "vraie vie". "Etre présent dans chacun de ses pas" n'est même pas une préoccupation secondaire pour les poulains de nos grandes écoles. Nos valeurs morales ne l'incluent pas parmi les buts à atteindre. Nos héros sont parfois remarquables pour la précision ou la beauté de leurs gestes : d'Ulysse à Gary Cooper, de Lancelot à Lagardère (ah ! le secret de la botte de Nevers !), la lignée des tireurs infaillibles traverse toute notre culture. On vante leur courage, leur génie. Mais on fait l'impasse sur le mystère de l'acte lui-même, sur la technique de l'archer homérique ou du tireur le plus rapide de l'Ouest. L'efficacité du tir est acceptée comme une donnée narrative, une convention dramatique : Superman ne rate pas sa cible. Ce qui lui permet d'arriver à ce résultat n'intéresse personne. Homère ne nous dit pas *comment* Ulysse s'y prend pour bander son arc devant les prétendants de Pénélope. Analogue au jugement de Dieu médiéval, sa réussite atteste la vérité de ses propos : elle n'est pas une conquête, mais une carte d'identité.

La réussite des tirs de Clint Eastwood semble magique : une coïncidence qui se répéterait. Or cette magie est toujours le résultat d'un travail technique. La visée des tireurs atteint l'excellence grâce à un entraînement intensif que les westerns passent sous silence alors que les feuilletons asiatiques en font souvent le cœur même de leurs récits. En Occident, l'excellence est un avantage acquis. En Orient, elle est une ascèse, une initiation. (Cependant, dans les deux mondes, seuls quelques héros incorruptibles parviennent au plus haut niveau.)

Selon les traditions de l'Asie, il faut parfois une vie entière pour parvenir à cet état de conscience qui ouvre à la sincérité du geste. Un tour de manivelle, une soudure, un coup de chiffon : chaque geste contient l'être entier de celui qui l'accomplit. "Aucune notice ne va au fond des choses, aucune ne traite de l'aspect fondamental de l'entretien des motocyclettes, écrit Pirsig*. Ce qui est fondamental, c'est de prendre les choses à cœur – et de cela, aucun manuel ne dit mot."

Sigmund Freud disait que les hommes trahissent leurs sentiments secrets à travers les défaillances de leurs mots et de leurs gestes. L'inconscient refoulé envoie ses messages sibyllins par les pores de la peau, l'expression du regard, les lapsus, les maladresses, les oublis, les faux pas, les tics : à travers ces trous dans la continuité sensible, c'est l'être même qui apparaît, la chose nue, un instant dépouillée de ses revêtements protecteurs, provisoirement vulnérable comme un œil sans paupières. Dans la cuisine, j'essuie les bols, mais l'un d'entre eux m'échappe, glisse et se fracasse sur le sol. Pourquoi celui-là ? Je n'en sais rien, mais je me souviens d'une rupture dans le fil de mes pensées, d'une sorte d'hiatus, d'une absence, ou plutôt d'une intrusion.

Le geste incontrôlé agit à la manière d'un flash de photographe : trop rapide pour laisser à la pupille le temps de se rétracter, il capte le fond dénudé de l'œil. D'où la couleur rouge qui apparaît souvent : ce n'est pas un effet d'optique, mais le sang qui

---

* *Op. cit.*

circule dans le globe oculaire. On ne connaît pas la couleur du fond de l'âme. Mais on la suppose à la fois éclatante et obscure, obscène et magnifique. Si les maladresses révèlent l'obscur, la beauté du geste sauve le magnifique.

L'effort pour maîtriser les gestes tend à rétablir la continuité, à intégrer les sauts de l'inconscient dans le continuum de l'expérience. Ainsi un enchaînement de taï-chi-chuan qui dure une demi-heure doit-il tendre à devenir un seul geste continu. La parade et l'attaque, en se succédant, tendent à se confondre, à se transmuer insensiblement l'une dans l'autre, sans solution de continuité. C'est de la mise sous tension du *tanden*, qui s'élargit jusqu'à englober les reins comme une ceinture chauffante, que dépend l'approche de cette utopie désirable.

Nous sommes à des années-lumière de cet idéal et nous savons que nous ne l'atteindrons jamais. Nous tentons de nous consoler en pensant que la juste évaluation de nos insuffisances est en soi, et dans tous les arts, un signe de progrès manifeste : le paysage a changé, l'horizon est plus large, et le voyage sera plus long que prévu. Cependant, ce constat décourageant atteste qu'une partie du chemin, même infime, a été parcourue. Tout change, mais seul le changement est permanent, dit Héraclite. La continuité, qui manifeste la permanence du changement, est une divinité ancienne ; elle exige tous les sacrifices, consomme ce qu'on lui offre : de l'imitation, de la répétition, de l'effort, des images mentales. L'histoire que raconte la sonate, quelle qu'elle soit, ne doit pas s'interrompre du début à la fin – et surtout pas pendant les silences ! Les ruptures elles-mêmes, les grands éclats, les *fortissimi* stupéfiants s'intègrent par contraste dans cette trame qui est celle d'un discours. Les événements musicaux prennent sens dans le rapport qu'ils entretiennent entre eux, grâce à ce qu'ils infusent dans la mémoire. A chaque passage du pinceau, à chaque répétition, la trame mincit, se réduit jusqu'à l'épure : à la limite, il ne reste plus que la structure narrative, pure de tout récit, de toute image : alors commence l'écoute véritable.

"Il suffit d'enfoncer la touche au bon moment !" Ironique simplicité. Il suffit de. Il n'y a qu'à. C'est promis : le pianiste pourra toucher la musique et le peintre caresser l'horizon, mais à une condition, avoir "le poignet libre", comme l'écrit Shitao dans un passage qui semble destiné aux pianistes : "Les virages du pinceau doivent être enlevés d'un mouvement, et l'onctuosité doit naître des mouvements circulaires, tout en ménageant une marge pour l'espace. Les finales du pinceau doivent être tranchées, et les attaques incisives. Il faut être également habile aux formes circulaires ou angulaires, droites et courbes, ascendantes et descendantes ; le pinceau va à gauche, à droite, en relief, en creux, brusque et résolu, il s'interrompt abruptement, il s'allonge en oblique, tantôt comme l'eau, il dévale vers les profondeurs, tantôt il jaillit en hauteur comme la flamme, et tout cela avec naturel et sans forcer le moins du monde…"

Pour le pianiste, chaque doigt est un poignet libre. Ainsi que l'avant-bras, bien sûr, les épaules et le dos... Pour l'adepte des arts martiaux, le corps tout entier est un poignet libre. Du point de vue du motocycliste, la beauté du geste, c'est la souplesse des virages.

23
"MAINS DE NUAGE" EN *SI* BÉMOL

Un jour se produit l'effet de zoom. Plus on ralentit, plus le paysage se rapproche. (Selon Stravinski, la musique est un paysage qui bouge.) De près, cette fugue n'est qu'un champ de ruines où des glissements de terrain se sont produits. Les traits s'effondrent, creusant des failles dans la continuité du discours. Mes doigts sont dépourvus de la belle énergie que donne l'assurance de viser juste, de connaître la route. Comment ! Tout ce travail aux trois quarts perdu ! Envolé ! Des heures de labeur passionné, précis, entêté ! Et voilà qu'il n'en reste que des lambeaux, des nuages de musique effilochés ! Quelques bulles de tendresse surnagent cependant dans ce chaos général, spirales de plaisir rescapées de l'érosion temporelle.

"S'exercer, répéter sans cesse le déjà répété*."
La reconstruction est à ce prix, au piano comme au tir à l'arc : la mémoire d'une œuvre musicale ou d'un *kata* se distingue radicalement, avec ses profondeurs successives, des souvenirs conscients,

---

* Herrigel, *op. cit.*

qui ne servent que de points d'appui – d'ailleurs indispensables, mais à la manière de panneaux indicateurs : là un *mi* bémol à la main gauche, ici la forme "mains de nuage"… Les automatismes, ces ferments mnésiques systématiquement engrangés, servent de terreau au geste qui s'incarne d'autant mieux que ses fondations sont plus secrètes – et donc plus solides. L'ancienne maison ne sera pas restaurée, mais remplacée par une autre qui lui ressemble comme une sœur. La nouvelle construction se pare de couleurs, de sonorités inattendues. La nouveauté n'est qu'un approfondissement du donné de la partition, une floraison des possibles.

Le pianiste ne sait jamais à quel moment la vérité de l'œuvre commencera à rejoindre la sienne. Cela vient sans prévenir. Sous la surface, un monde apparaît. Des fleurs sous-marines ouvrent leurs corolles. Le fond des océans devient visible : la structure interne, l'agencement des thèmes, la série des modulations, la colonne vertébrale. Dans cet intermezzo de Brahms*, il suffit d'une note, un *do* qui vient remplacer un *si* bémol dans la répétition du thème, pour ouvrir tout un univers harmonique. Je le savais, mais cette fois j'y insiste un peu plus, je prolonge la vibration, je l'écoute jusqu'au bout, je m'en souviens. Et voilà que la vraie nature de ce *do* se fait entendre : il peut enfin remplir sa fonction d'ange annonciateur, et tout le monde en profite.

* Le deuxième de l'opus 117.

"Après avoir effectué la prise, si vous faites le geste de vider un verre de saké, votre adversaire sera suspendu par le poignet comme une serpillière." Kenji Tokitsu* cite cette phrase du maître de jiu-jitsu Kubota à propos de la nécessité d'éviter la stagnation du geste : "Lorsque tu as saisi le poignet de l'adversaire, il ne faut pas que ta main reste figée, même un court instant. Après une stagnation, tu ne pourrais plus effectuer une pression juste avec la racine de ton index et tu perdrais donc toute l'efficacité de la saisie. Demeurer en stagnation est la maladie de la pratique des arts martiaux." Le geste est continu ou il n'est pas.

Comment ne pas oublier mon poignet gauche quand je me concentre sur le mouvement de ma jambe droite qui doit décrire une boucle ? Venant de l'arrière d'où il a transporté, sur l'arrière du talon, un énorme boulet imaginaire, le pied droit vient se poser en position protectrice devant le genou gauche légèrement plié, bien stable, puis repart vers l'avant et redescend vers le sol en freinant, comme séparé du sol par un coussin invisible, réduisant progressivement à néant l'espace séparant la plante de pied du sol...

L'attention que je porte au trajet de cette jambe (qui effectue en fait un coup de pied stylisé) ne doit pas me faire négliger les événements qui se produisent par ailleurs (que "je" produis par ailleurs !) au même rythme infiniment lent. C'est

* A propos de Miyamoto Musashi *(op. cit.)*.

tout le corps en vérité qui effectue une torsade, une longue spirale tournée vers la gauche qui détend et allonge la colonne vertébrale, masse les muscles du flanc gauche, étire le bassin ; pendant ce temps, subtilement relié à ma jambe droite à travers le centre du corps, mon bras gauche s'élève au sud-ouest comme un grand oiseau luttant contre le vent ; la main est bien ouverte autour du vide central de la paume (analogue en tout point à la pomme absente que l'on fait tenir aux pianistes débutants pour donner à leur main cette architecture sans laquelle les meilleures intentions s'affaissent) ; l'index et le pouce s'écartent en forme de pince, de "bouche du tigre". Le bras gauche ne cesse de s'incurver jusqu'à effleurer l'oreille dans une course lente qui entraîne le tout, du bout des doigts à l'épaule, vers l'avant, vers le centre de l'adversaire (imaginaire) et inverse doucement la spirale générale tandis que le centre de gravité se déplace vers la jambe droite.

Le bras droit obéit lui aussi à la torsion mobile. Soutenu par l'épaule qui le guide de loin, lié par l'intention à la jambe droite qui continue son périple, il monte vers l'avant comme une offrande puis comme une flamme, avant de se retourner sur lui-même pour reculer (avec la sensation de tirer vers lui tout l'espace du dojo, y compris le mur du fond). En fin de parcours il se place là où était précédemment le bras gauche ; la spirale est inversée ; sans coupure, insensiblement, le geste a déjà recommencé, en sens inverse, en boucle. Le pied droit fait le travail du pied gauche, genou solidement campé, tandis que le pied gauche entame son trajet en portant un boulet...

Absorbée par la tension du pied droit et la sensation de plénitude qu'il envoie dans ma jambe et mon ventre, j'en oublie le bras gauche qui reste figé en plein vol comme un oiseau paralysé. Mauvais ! Très mauvais ! Stagnation ! Ou bien c'est le pied droit qui oublie de presser l'espace vide comme une énorme poche d'air. Mauvais ! Très mauvais ! Geste vide ! Préoccupée par toutes ces informations à recueillir, j'oublie de respirer avec ampleur, ce qui donne aussitôt à mes mouvements une allure saccadée et falote. Mauvais ! Très mauvais ! Stagnation générale !

Mais comment penser à toutes ces choses ? Comment, d'ailleurs, penser à plusieurs choses en même temps ? Est-ce même concevable ? Sans doute faut-il, pour que cela soit possible, que toutes ces choses forment un tout, soient prises dans la même trame, deviennent les aspects divers d'une réalité unique.

Dans le taï-chi-chuan comme dans une Fugue à plusieurs voix, chaque discours est aussi présent et important que les autres, même s'ils appartiennent à des plans différents. Le *pianissimo* n'est pas forcément moins présent, moins actif que le *forte*. Qui osera prétendre que dans les tableaux de la Renaissance les paysages du fond sont moins importants et présents que les visages angéliques du premier plan ? Chaque région mérite attention, soin, écoute, regard, sympathie. Et offre en retour le plaisir singulier dont elle est chargée. La cheville droite ne fait pas oublier le poignet gauche : c'est qu'ils sont en permanence reliés à la même tour de contrôle, le fameux *tanden*.

Il arrive que le pianiste soit distrait : il joue quelques notes, quelques mesures, en oubliant qu'il les joue, en pensant à autre chose. Cela leur donne un je-ne-sais-quoi de mécanique qui fait décrocher l'auditeur si cela dure trop longtemps. (Souvent, ce dernier ne "sait" pas pourquoi il s'est mis à penser à autre chose.) Stagnation musicale !

Quatre voix dans une Fugue pour un seul auditeur, une seule conscience. Comment leur donner l'écoute qu'elles exigent ? Comment ne pas négliger un peu l'alto, cette voix intermédiaire mais non secondaire, sauf quand elle s'impose à l'attention en jouant le thème ? Comment ne pas baisser un peu la tension dans les transitions (elles sont ce qu'on travaille toujours en dernier, quand il n'y a vraiment plus le choix !) ? Mauvais ! Très mauvais ! Stagnation !

De même, dans le taï-chi-chuan, les transitions sont ce qu'on soigne le moins au début. Bâclées, elles sont le signe d'une conception encore inachevée de la continuité : chaque geste est encore perçu comme une entité séparée des autres ; la vision du débutant ne possède pas encore la persistance rétinienne qui vient avec la mémoire ; il se représente une série de positions qui se succèdent. Dans les intervalles, les transitions sont niées, oubliées. Au contraire, quand elles se mettent à exister, à prendre forme, elles contribuent puissamment à la continuité de l'ensemble. Comme les fugues de Bach, le taï chi est à la fois mélodique et harmonique, agencement de parties à l'intérieur d'un tout, divers et unifié, *concours général.* La mélodie du taï-chi-chuan, c'est le tracé du geste déroulé dans l'espace. Son harmonie, c'est la sensation qui l'accompagne et dont l'expérience élargit la conscience. Et aussi tout le cortège des pensées adjacentes, la couleur du bois, l'odeur, l'épaisseur de l'air : ce qui rend chaque instant incomparable.

La beauté du geste, c'est l'unité du temps, du lieu et de l'action. Un classique.

24
CRISTAL DE MÉMOIRE

Que dire de ces jours mal éclos, pleins de pensées ternes et d'élans fanés ? Mornes enfilades de temps où le chaos intime rend le monde cotonneux, où rien n'est à sa place, où rien ne s'accomplit. Les maladresses s'accumulent, les objets se révoltent, m'échappent, je perds mes clés, je renverse une tasse de café, j'oublie d'éteindre le gaz, je ne sais plus jouer cette Etude de Chopin si longtemps travaillée, j'oublie qu'un ami m'attend au café ; un sentiment d'urgence me fait déraper dans le vide comme une toupie dont l'axe serait tordu. Ces jours-là, je ne cesse de *penser à autre chose.* En faisant chauffer du café, je me souviens d'un coup de téléphone à donner. En téléphonant, je pense à cette lettre que je ne me décide pas à écrire. En allumant mon Macintosh je m'inquiète de ce passage dans une sonate de Beethoven que je n'arrive pas à franchir...

Je m'installe au piano – la lettre peut attendre – et je prends la Fantaisie et Fugue de Bach en *sol* mineur, cette vieille partition en lambeaux, victime des tournes trop rapides. Je décide de jouer le thème, pour voir où il en est. Et me voilà aspirée par le fabuleux engrenage, jusqu'aux grandes orgues de la fin. Une heure, deux heures... Reste à payer les factures et à faire le marché. La culpabilité demande à être alimentée : une fois repue, elle lâche prise.

Pendant ces journées floues, la confusion des gestes préside à leur dérisoire succession. Les élans s'étiolent, sonnent creux. Le temps semble troué, en haillons impossibles à repriser. Or les trous noirs attirent la matière, font chuter les tasses, disparaître les clés, les portefeuilles, les brosses à dents. Quand ils se succèdent à un rythme trop rapide, la journée est fichue. Il faut s'y résigner, changer d'air, prendre un petit crème au comptoir du coin.

Car c'est le sens même qui fuit entre les mailles des gestes comme une goutte d'eau d'un robinet mal fermé. Prendre le métro, ranger la maison, téléphoner, arroser les plantes du balcon... Faire ces gestes-là ou d'autres, et alors ? Quelle importance et pour qui ? Etat de panique dans les fondations du langage. Comment distinguer entre la honte et l'ennui ? Ecrire une phrase devient un renoncement à une autre activité. La décision de prononcer certains mots devient lourde, arbitraire. Du fond de l'étang (de l'étant !), la vase remonte et fait des bulles. L'alphabet en désordre envahit le paysage comme un essaim de sauterelles et dévore tout ce qui pousse. Le silence qui s'installe est une fièvre. Que peut le geste sur ces atmosphères ? Il ne peut rien. Il peut tout.

Le geste ne peut rien : il est indisponible, déliquescent. Tout est paresse, indifférence, lâcheté. La beauté du geste se retire sur son Olympe. L'esprit se vautre. La répulsion naît de l'intensité du non-sens. Le désir dompté par l'absurde tombe en léthargie. Dans ces moments-là, le sommeil est le seul recours, qui lave et purifie. *C'est alors, au fond de la mélasse, qu'il faut évoquer la cambrure de l'hippocampe qui électrise la masse opaque de l'océan.*

Car le geste peut tout : telle une sculpture mobile, une partition silencieuse, il s'est retiré dans la mémoire longue, les abîmes du refoulé. Là il travaille (dans quels neurones, quels transmetteurs chimiques, quelles archives ?). Impassible, efficace, il inscrit ses messages dans les sous-sols, les galeries inconnaissables de l'être, sans se laisser troubler par les états d'âme qui agitent la surface. Son matériau est la pesanteur du temps. Il est là, embué de mystère mais prêt à l'usage. Après quinze jours de jeûne pianistique succédant à une période de travail intense, le pianiste constate avec surprise qu'il a fait des progrès. Quand le geste revient à la surface, lavé, élargi, gorgé de sens, il domine le paysage de sa simple présence : le chaos s'évapore dans la pureté de la forme qui s'élève et s'incurve. (Ensuite, bien sûr, le soufflé retombe : il faut redescendre d'une étape et de nouveau travailler, répéter, reprendre.) Le geste est un *"cristal de mémoire historique*"*.

* Giorgio Agamben, *op. cit.*

25

AU BOIS DORMANT

"Vous vous étreignez. En avez-vous la certitude ?" Question insolente ! Question métaphysique ! Question concrète ! Où est la différence ? Quelle réalité le corps donne-t-il à l'amour ? Où loge la vérité, *sinon dans la course du désir à travers les atomes de tes bras* ? Entre un geste d'amour effectué distraitement et une étreinte passionnée, il y a la même distance qu'entre un geste quotidien accompli en conscience et le geste involontaire d'un parkinsonien dont les mains tremblent.

Dans les années 1960, neurologue au Mount Carmel Hospital de New York, Oliver Sacks décida d'expérimenter sur des patients grabataires depuis un demi-siècle un nouveau médicament, la L-Dopa, qui avait des effets spectaculaires sur les parkinsoniens. Ces patients dits postencéphalitiques étaient des rescapés de la grande épidémie d'encéphalite léthargique (ou maladie du sommeil) qui éclata pendant l'hiver 1916-1917 et tua ou handicapa gravement presque dix millions de personnes dans le monde avant de disparaître en 1927, aussi mystérieusement qu'elle était apparue. Les malheureux survivants, oubliés dans les salles du Mount Carmel, étaient réduits à l'état de morts vivants, de volcans éteints. "Ils ne donnaient pas l'impression d'être en vie, et ne se ressentaient pas eux-mêmes comme vivants ; ils étaient aussi immatériels que des fantômes, et aussi passifs que des zombies."

L'effet de la L-Dopa devait se révéler fulgurant. Le baiser du prince charmant sur les lèvres de la Belle au bois dormant. En quelques jours, après cinquante ans de sommeil, "une demi-heure après avoir pris son gramme matinal de L-Dopa, Hester Y. se releva brusquement et, sous les yeux incrédules des infirmières, se mit à arpenter la pièce en s'écriant d'une voix forte et très excitée : «Qu'est-ce que vous pensez de ça ? Qu'est-ce que vous pensez de ça ?»". Les uns après les autres, comme arrachés à un charme, les postencéphalitiques se réveillent, parlent, marchent, écrivent, chantent des chansons qui datent d'avant la guerre de 14, apparemment intacts, inconscients de la durée écoulée depuis leur maladie. Les miracles se succèdent jour après jour devant le personnel émerveillé.

Dans *Eveils**, Oliver Sacks raconte avec une tendresse et un étonnement constants cette incroyable histoire. Hélas, le conte de fées se transforme

* Le plus beau livre d'Oliver Sacks, Le Seuil, "Points", 1993.

inexorablement en cauchemar : le médicament, en réveillant le cerveau, fait apparaître des zones détruites, et réveille aussi les effets secondaires. Tout se passe comme si le retour au mouvement, après un passage grisant par une temporalité ordinaire, était suivi d'une accélération foudroyante : les anciens grabataires sont transformés en maniaques agités de tics. Certains sont saisis de chorée, cette sorte de danse involontaire où "les gestes surviennent tout à coup, sans effort ni avertissement, totalement imprévisibles". Il existe, explique Oliver Sacks, des liens neurologiques – des "interconversions" – entre la rigidité parkinsonienne ou postencéphalitique et la mollesse papillonnante de la chorée, entre l'excès léthargique et l'excès de mobilité. De même il existe, paraît-il, en plein cœur du Sahara, des régions où le thermomètre monte à 50° dans la journée et descend la nuit à moins 10°. Telles sont les amplitudes extrêmes entre l'immobilité grabataire du postencéphalitique et les folles accélérations provoquées par la L-Dopa.

Les livres d'Oliver Sacks sont pleins de ces paradoxes sensibles que la réalité des troubles neurologiques offre au chercheur. Les extravagants accès de "festination" ne sont pas moins morbides que l'immobilité qui les précède. A propos de Hester Y., Sacks écrit : "Après être demeurée plus de vingt ans dans une immobilité totale, elle avait refait surface et s'était envolée comme un bouchon jaillissant du fond de la mer." Euphorie ! Liberté ! "Elle me faisait penser aux prisonniers libérés de leurs geôles ; aux enfants libérés de l'école ; aux réveils du printemps après les sommeils de l'hiver ; mais aussi, de façon un peu prémonitoire, aux catatoniques et à leurs brusques explosions de violence." Hélas ! La liberté reconquise cède bientôt la place à un esclavage inversé. Bientôt, le film s'accélère et Hester Y. s'emballe comme un coursier dément. "Des confrères auxquels je montrai le film que je fis sur elle à l'époque furent persuadés que le projecteur tournait trop vite [...]. J'avais déjà été en contact avec des athlètes olympiques, mais en termes de temps de réaction Hester Y. les battait tous ; dans d'autres circonstances, elle serait devenue le tireur le plus rapide de l'Ouest."

Bientôt, les tics apparaissent, et alors c'est la torture. Dans son journal qu'elle écrit à toute allure, elle se demande si elle est dans un camp de concentration. "Ces tics, qui affectent tous les aspects de son activité et de son comportement, se manifestent souvent simultanément ; il n'est pas rare qu'elle soit sujette à une ou même deux douzaines de tics à la fois, tous visiblement contrôlés indépendamment les uns des autres et ne présentant aucune affinité fonctionnelle entre eux." Cette dernière phrase donne la clé du symptôme : la pathologie, c'est la dispersion. A l'inverse, la beauté du geste tient dans la réunion qu'il produit.

C'est la dispersion des gestes, en dévoilant l'absence de contrôle et donc de lien entre eux, qui révèle l'ampleur de la crise, sa profondeur ontologique.

C'est pourquoi les gestes compulsifs suscitent une infinie compassion. Les grabataires, croyons-nous, ne souffrent pas : du moins, leur souffrance est-elle diffuse, inconsciente, brumeuse. Mais les tiqueurs ! Livrés sans recours à leur propre anarchie intérieure ! Cet homme qu'on rencontre parfois dans le quartier et dont la jambe se tire-bouchonne pendant qu'il porte la main à un chapeau absent, salue et se redresse, tout en flattant un chien imaginaire qui trotte à ses côtés... Pour sortir son porte-monnaie de sa poche, il lui faut plusieurs minutes sous le regard à la fois amusé et sadique des passants...

La plus belle page de Rilke (hormis les *Elégies*) est celle, dans *Les Cahiers de Malte Laurids Brigge**, où il décrit la solidarité secrète qu'il ressent envers un malheureux affublé de tics. La scène se passe vers le bas du boulevard Saint-Michel : "A partir de cet instant je fus lié à lui. Je vis qu'un sautillement vagabondait dans son corps, cherchant à faire irruption à un endroit ou à un autre. Je compris la peur qu'il avait des gens et je commençai prudemment à examiner si les passants remarquaient quelque chose. Un froid piquant me parcourut le dos, quand ses jambes eurent soudain un petit spasme, mais personne ne l'avait remarqué et je formai le projet de trébucher moi aussi, au cas où quelqu'un l'apercevrait. Ce serait un moyen de faire croire aux curieux qu'il y avait là un petit

* *Op. cit.*

obstacle insignifiant, sur lequel nous avions par hasard buté l'un et l'autre." On voudrait tout citer. C'est sa compassion insensée, qui fait la grandeur de Rilke à ce moment précis.

Nos gestes nous classent aussi sûrement que notre visage ou nos vêtements. Un visage agité de tics involontaires n'est rien d'autre qu'un masque déformé, n'exprime rien d'autre que la succession des grimaces. Le tiqueur disparaît derrière ses tics qui sont des gestes fantômes, coupés de leur source. La pitié pour ces hommes esclaves de leurs gestes vient de notre savoir secret, instinctif, de la proximité entre l'âme et les gestes. Si les gestes sont chaotiques, l'âme doit être en morceaux…

Un peu différente est l'expérience de Seymour L., postencéphalitique traité à la L-Dopa, quand il se met à courir comme un fou au milieu du couloir, puis entre furieux dans le bureau du docteur Sacks pour se plaindre : "Pourquoi ont-ils laissé cet énorme trou au milieu du couloir ?" Il a soudain perçu une immense déclivité et a réagi "normalement" : en courant, pour rétablir son équilibre. "J'aurais juré que le sol s'était brusquement incliné, dira-t-il ensuite. C'est parce qu'il s'est incliné que j'ai dû courir. Vous feriez la même chose si vous aviez soudain l'impression que le sol se dérobe sous vos pieds et se met à descendre en pente raide." Cette fois, il s'agit d'une réaction normale à une perception anormale. La coupure n'est plus entre le geste et sa commande, mais entre la réalité extérieure et sa perception interne. Pourtant, le résultat est le même : une tragédie.

Quant à Miron V., son histoire est aussi troublante que celle de *La Rivière du hibou*. "J'ai écrit qu'il pouvait rester assis, absolument immobile, quinze heures d'affilée, mais ce n'est pas totalement exact. Souvent, le matin, sa silhouette se découpait sur le verre dépoli de la porte, et je voyais sa main droite, apparemment immobile, posée à quelques centimètres du genou ; lorsque, en milieu de journée, je repassais devant lui, je voyais sa main pétrifiée à mi-distance de son nez ; puis, deux ou trois heures après, elle se trouvait sur ses lunettes, ou son nez. Je me dis d'abord que ces gestes étaient des poses akinétiques sans signification et oubliai le problème. Mais quand Miron V. fut «réveillé» et accéléré par la L-Dopa, ces étranges poses pétrifiées me revinrent à l'esprit et, lorsque je me décidai à lui en parler, ses explications me firent comprendre l'incroyable vérité.

— Qu'est-ce que vous voulez dire, par mes «poses pétrifiées» ? s'écria-t-il. Je m'essuyais le nez, voilà tout.

— Mais Miron, lui dis-je, c'est impossible. Vous voulez me dire que ce qui m'apparaissait comme des poses immobiles, pour vous, c'était un mouvement, et que vous aviez l'impression que votre main se déplaçait vers votre nez ?

— Bien sûr, me répondit-il. Qu'est-ce que ça pourrait être d'autre ?

— Mais enfin, Miron, cela a duré des heures. Vous voulez dire que vous avez mis six heures pour vous essuyer le nez ?

Après un temps de réflexion, il me dit :

— Ça paraît dingue. C'est effrayant. De mon point de vue, mes mouvements étaient normaux et cela n'a duré qu'une seconde. Vous voulez dire que je n'ai pas mis une seconde, mais des heures pour m'essuyer le nez ?

Je ne sus quoi lui répondre. J'étais aussi interloqué que lui. Cela semblait parfaitement absurde. Mais j'avais d'innombrables photos de Miron, adossé immobile contre cette porte, et j'en rassemblai donc une trentaine, prises au cours de la même journée. J'en fis un film de façon à pouvoir les projeter à la suite et, lorsque je les fis défiler à la vitesse de seize images par seconde, je m'aperçus que ce qui m'avait paru impossible était vrai, et que cette succession de poses formait en fait une action continue. Comme il me l'avait dit, Miron V. était bien en train de s'essuyer le nez, mais dix mille fois plus lentement que la normale."

Quelle ironie de penser que la lenteur pathologique de Miron V. accomplit, en le niant, un idéal du taï-chi-chuan, la capacité de ralentir le geste jusqu'aux extrêmes du temps, d'accomplir une sorte de *pianissimo* temporel (son envers, son objectif, sa récompense étant la capacité à faire surgir la force d'une détente rapide). A l'horizon de cet étalement du temps, le geste tend vers la lenteur de l'aiguille des minutes, l'allure insensible des plantes qui poussent...

L'expérience de Miron V. n'est que la dramatique caricature des déformations habituelles de notre perception du temps. Grâce à Miron V., à Hester Y., à Seymour L., à tous les personnages de ce roman vrai de la neurologie, nous comprenons que la durée est un phénomène totalement subjectif et incommensurable. Nous n'avons heureusement pas à affronter le vertige d'abîmes temporels comparables aux leurs, mais nous ne sommes pas à l'abri pour autant des effets magiques de l'illusion. Notre existence est ponctuée de minuscules ruptures, étirements, sauts, accélérations, freinages.

La lenteur et la rapidité ne sont pas des notions moins relatives que la passion ou la tendresse. Et de même que la parole émane du silence, selon la tradition de Musashi et de ses pairs, l'immobilité est la racine du geste, la fondation de l'édifice. C'est pourquoi le *ri tsu zen* vise à nourrir les racines, à consolider les fondations. "Dans l'exercice de méditation debout, l'adepte [...] cherche à imaginer différents mouvements de technique et de situation de combat, sans bouger. Ainsi, il approfondit les sensations inhérentes au mouvement pour s'approcher de l'essentiel de la technique. De là procède un des paradoxes de l'enseignement du *budo* : la rapidité ne vaut pas la lenteur, la lenteur ne vaut pas l'immobilité. Pour capter le véritable mouvement, il faut s'immerger dans l'immobilité, tel est le sens de l'exercice du zen debout*."

Entre l'immobilité de Miron V., pure stagnation, et celle du maître de taï-chi-chuan, promesse

---

* Kenji Tokitsu, *La Voie du karaté, op. cit.*

de mouvement, il y a toute la distance qui sépare le fond des mers du sommet des montagnes sur ma Carte du Fond des Océans.

Hölderlin. Trente-six ans d'enfance et de génie, trente-sept ans de dissonance et de folie. Une vie cassée en deux par le milieu dans le sens de la longueur du temps. Année de la césure : 1806. Puis des siècles d'ennui, de souffrance, sans mourir, sans vivre, avec un piano désaccordé. Par la fenêtre, le prince des poètes voyait un paysage clair comme un dessin d'enfant.

Au temps de sa folie, Bettina von Arnim lui rendit visite dans la chambre du menuisier Zimmer. Puis elle écrivit : "La princesse de Hombourg lui a fait présent d'un piano à queue dont il a lui-même coupé les cordes, mais pas toutes, de sorte que certaines touches retentissent, et il improvise dessus... Ce piano dont il a lui-même arraché les cordes, c'est l'image de son âme."

26
L'HOMME-CAMÉLÉON

"Qui n'admirerait ce caméléon que nous sommes ?" Selon Pic de la Mirandole*, c'est la *plasticité* de l'homme qui fait son humanité : son talent pour la métamorphose, qui vient de sa naissance tardive. Quand le Créateur eut fini son œuvre, il songea à produire l'homme. Mais les places étaient prises : "Tout était déjà plein, tout avait été distribué entre les ordres supérieurs, intermédiaires et inférieurs." Il n'y avait plus rien en stock : plus de formes, plus d'espèces. Bien ennuyé, Dieu résolut le problème en décidant de créer l'Homme Sans Qualités (comme dirait Robert Musil) : "Le parfait artisan décida finalement qu'à celui à qui il ne pouvait rien donner en propre serait commun tout ce qui avait été le propre de chaque créature." C'est pourquoi l'homme est tantôt ange, tantôt bête. Sage et fou, enfant et vieillard, lion et moustique, nuage et tempête, ignoble et sublime, il loge dans tous les univers, sillonne tous les chemins. Sa liberté

* *De la dignité de l'homme*, in *Œuvres philosophiques*, PUF, 1993.

lui donne accès à toutes les sphères de la Création. Ainsi Dieu crée l'homme et lui dit : "Je ne t'ai donné ni place déterminée, ni visage propre, ni don particulier, afin que ta place, ton visage et tes dons, tu les veuilles, les conquières et les possèdes par toi-même."

C'est justement ce que dit Confucius dans une célèbre maxime (citée par Pierre Ryckmans*) : "L'homme de bien n'est pas un ustensile." C'est-à-dire, selon Ryckmans, que "ses aptitudes ne sont pas enfermées dans les limites exclusives d'un certain usage spécialisé, et que sa réceptivité n'est pas, comme celle d'un pot, limitée à une certaine capacité ou contenance déterminée". L'homme, ce réceptacle sans limites, est son propre potier. Il n'a pas d'autre choix que de se façonner lui-même à chaque instant de sa vie, comme un artiste son œuvre. Ce qui lui permet cette création de lui-même, c'est sa capacité à devenir autre. Ses mots et ses gestes, entrelacés, sont ses deux outils : ils servent à donner et à recevoir. Cet homme peut tout endurer, sans cesser de jouir de la totalité des mondes. Mais la balle est dans son camp. A lui de prendre forme, d'épurer ses contours, de devenir cet homme-là, en ce temps et ce lieu, et d'éclairer cette vérité provisoire. A lui de s'orienter au milieu des possibles, de donner une forme au chaos de son expérience, d'entendre l'essentiel dans l'informe.

---

* Notes aux *Propos sur la peinture du moine Citrouille-amère, op. cit.*

On raconte qu'un jour Rodin réceptionna un énorme bloc de marbre sous le regard ébahi du fils de la concierge, un gamin de douze ans. C'était la veille des grandes vacances. A la rentrée de septembre, le gamin rentra de la campagne et s'arrêta, pétrifié, devant le magnifique cheval blanc qui se dressait dans l'atelier à la place du marbre. Il demanda au sculpteur : "Comment tu as su qu'il y avait un cheval caché dedans ?" Savons-nous voir le coursier blanc qui caracole dans nos pensées, crinière au vent ?

L'homme-caméléon est placé au milieu du monde et possède toutes les clés. "En chaque homme qui naît, le Père a introduit des semences de toute sorte, des germes de toute espèce de vie." A lui de les faire fructifier, de les amener à l'existence, de s'orienter dans le labyrinthe de sa destinée. Lui seul peut traverser les mondes, devenir démon ou chérubin. "L'homme est un être vivant, de nature variée, multiforme et changeante."

L'intuition de Pic de la Mirandole rejoint la distinction moderne entre l'instinct des animaux, qui ne leur laisse qu'une infime marge de manœuvre, et l'infinité des possibles ouverts aux hommes, chez qui l'instinct est réduit à la portion congrue. Cette indétermination du programme est la source de la diversité de nos modes d'être. Parmi les dons que nous recevons en naissant, combien restent inexploités, inconnus, insoupçonnés ? Combien de fils coupés dans la tapisserie ? Sur combien de renoncements inconnus se construit l'histoire d'une vie ?

Que serait devenu Mozart dans un monde sans clavecins ni partitions, sans Leopold ? Combien de génies non révélés, étouffés dans l'œuf, sont nés et ont vécu dans le noir des siècles sans histoire qui précèdent Homère et Périclès ? Nous abritons, dans l'obscurité des futurs non réalisés, une multitude de destins fantômes : capitaine de vaisseau, courtisane ou philosophe... Nos choix hasardeux ne se transforment en récit que sous la pression des événements, grâce à la cohérence du langage. Le plus souvent, nous avons l'impression de dériver sans but à la surface de la durée. Pour tenir le cap, encore faut-il le vouloir. Mais pourquoi sommes-nous si surpris de constater que les autres pilotent différemment leur barque ?

Il ne se passe pas de jour sans qu'une nouvelle expérience, une rencontre, une conversation ne nous révèlent le vertige d'une subjectivité voisine. Pourtant, tous les hommes marchent sur la même terre et voient les mêmes nuages qui sont là depuis si longtemps. Et ils ont en commun le langage mais non la langue, ce qui est la source de bien des drames. Or les gestes, comme la musique, transcendent la malédiction de Babel : ce sont des langages universels : ils se confondent avec la langue et tous peuvent les entendre. Si le geste est analogue à la musique, on peut imaginer que les sourds, qui sont privés de musique, y ont tout de même accès à travers la langue des signes. Tout y est, semble-t-il : le rythme, l'expression, le vocabulaire, le phrasé, les modulations... Le fait qu'on puisse utiliser les mêmes mots pour décrire les gestes et la musique ne prouve pas qu'ils sont identiques, mais qu'ils sont frères siamois : il y a la même distance entre la chose et sa description qu'entre le rêve et son récit, ou entre la musique et le commentaire. (La carte n'est pas le territoire…)

La rançon du privilège de l'homme-caméléon, c'est qu'il a le plus grand mal à se contenter de n'être que lui-même. Nous sommes tous des Grégoire Samsa, tantôt scarabées, tantôt libellules. A travers ses mouvements, l'homme "plastique" est l'objet agissant d'une mue perpétuelle. Chacun de ses gestes le transforme, le marque, laisse en lui une invisible trace. Leur accumulation finit par creuser les rides, comme l'écume finit par ronger les rocs millénaires de la falaise. Prétentieux, nous croyons diriger nos gestes alors que ce sont eux qui nous sculptent : nous sommes le matériau de leur création. Comme le dit le photographe Selgado, *l'homme qui travaille finit par ressembler à son produit.*

La nature a horreur de l'immobilité. Non moins que le langage, mais de façon sans doute plus profonde ou plus archaïque, le geste nous relie à nos ancêtres et, en remontant la chaîne des espèces, jusqu'à l'origine du vivant. Les premiers organismes multicellulaires, apparus pendant le cambrien*, il y a 570 millions d'années, étaient équipés pour toutes sortes de mouvements.

* Cf. *La vie est belle*, de Stephen Jay Gould, Le Seuil, 1991.

En même temps que le nom des choses, nos parents nous ont transmis une certaine manière de toucher, de regarder, d'embrasser... Non moins que le langage – mais peut-être faut-il considérer le geste comme un langage parallèle –, le geste est le fondement de la relation avec les autres. Les gestes de l'amour ne nous relient-ils pas aux émois de nos ancêtres, qui se sont aimés pour nous permettre d'en faire autant ? Et ne peut-on imaginer que nos descendants, dans leurs étreintes, retrouveront un arrière-goût de ce qui fut notre paradis, ou notre enfer ?

L'homme-caméléon peut devenir ce qu'il souhaite : il peut se dégager de tout ce marbre qui contient le cheval blanc de ses rêves, comme la musique cache et révèle le silence en l'incorporant dans sa trame. La musique se distingue du bruit en ce qu'elle réunit le silence et le son. En donnant une forme à leur rencontre, elle les amène à l'existence. Chacun sait qu'un beau silence contient de la musique. Un jour, dans le dojo, Kenji Tokitsu nous dit : "N'écoutez pas les bruits proches mais la rumeur des voitures sur le boulevard." Le boulevard est à cent mètres. Impossible ! Justement, au lieu de s'estomper, les bruits de l'immeuble prennent une acuité inhabituelle : le jet d'eau, le chien, l'oiseau, le souffle du voisin, le battement de mon cœur. Quel vacarme soudain, dans cette grande pièce silencieuse ! (Godard, dans *Hélas pour moi*, expérimente parfois les effets d'une bande-son hyperréaliste, où les dialogues et l'environnement sonore sont mis sur le même plan. Comprendre les paroles prononcées devient un supplice de Tantale – ce qui est sans doute l'effet recherché : attiser le désir d'entendre.)

C'est seulement une fois cet inventaire accompli que nous avons pu congédier ces cacophonies secondaires pour fixer notre attention sur le désir d'entendre le lointain : la rumeur de la ville tournoie autour du point fixe de nos corps dans le dojo tout à fait silencieux. "Le ciel est par-dessus le toit..." C'est comme dit Schubert* : *si si la si do ré, do si do do do, si la si sol fa...*

Et la caresse, qui est la reine des Gestes ? L'avons-nous oubliée ? Sa petite lumière est-elle menacée par le reflux de nos désirs ? A travers le vide boréal qui sépare nos solitudes, elle lance ses antennes, établit ses ponts, illumine les aurores. La caresse est un appel lancé à tous les autres gestes qui se tendent vers elle comme les plantes au soleil. Elle traverse la peau et les viscères pour atteindre l'âme à travers des chemins secrets qu'elle est seule à connaître. Dans son sillage les lampions s'allument, c'est la fête au village.

Patiente ou légère, la caresse exalte les limites. Elle est, dit le philosophe**, "un mode d'être où

* *Sonate posthume en si bémol majeur.*
* Emmanuel Levinas, cité par Marc-Alain Ouaknin in *Méditations érotiques. Essai sur Emmanuel Levinas*, Balland, 1992.

le sujet dans le contact d'un autre va au-delà de ce contact". Sa question s'adresse à l'autre dans sa réalité, c'est-à-dire son expérience vécue. L'amour n'est-il pas justement la capacité de reconnaître ce que ressent l'autre et d'en tenir compte dans nos actes et nos gestes ? C'est pourquoi la caresse a tous les pouvoirs, du moins quand elle s'accorde à la pulsation des humeurs et la vérité du désir : elle sait apaiser, faire rire, défaillir, jouir ou pleurer, c'est selon. Elle *transporte*. Elle diffuse les élans et les caprices à même la peau, et jusque dans les racines de l'être. "Elle ne sait pas ce qu'elle cherche", écrit encore Levinas. La caresse tâtonne dans le noir et se nourrit du plaisir qu'elle suscite pour ranimer le monde.

Hélas, sous sa forme sincère et fraîche, elle est mal vue dans notre monde en pointillé. Nous ne cessons de rompre : des lances, des liens, des habitudes. Dans cette dispersion générale, la caresse, qui unifie et relie, semble obsolète, négligeable. Elle passe et trépasse comme les coquelicots qui se fanent dès qu'on les cueille. Elle n'est qu'une souveraine déchue, une fille facile qui ne rapporte (presque) rien. Prenons garde surtout aux contrefaçons : les fausses caresses, distraites, machinales, qui sont les mauvaises herbes des jardins secrets ! Les doigts trop familiers de l'amant rassasié qui effleure distraitement trois centimètres carrés à la pliure du genou et dont le va-et-vient mécanique finit par irriter la peau... Ce ne sont que déclarations d'indifférence.

Les bruits de fourchettes se sont estompés depuis longtemps et l'atmosphère du restaurant, imprégnée de friture, leur paraît toute vibrante de tendresse. On voit leur reflet dans la vitre, deux têtes floues penchées l'une vers l'autre. Voilà des heures qu'ils bavardent en se couvant du regard.

A quelle heure l'événement s'est-il produit ? Elle ne saurait le dire. Vers dix heures vingt (ou vingt-deux, même une horloge à neutrons serait impuissante à fixer cet instant), sans crier gare, il a tendu la main vers sa joue et relié, d'une large caresse, la tiédeur de sa tempe au creux battant de sa gorge.

La beauté du geste, c'est le sourire qu'il fait naître. Le beau geste s'adresse à l'autre, non au spectateur mais à l'être conscient, sensible à la grâce, digne d'amour. Il fait don d'une expérience et témoigne de ce que l'harmonie est possible. Car il est temps d'en venir enfin à l'essentiel : la "beauté du geste", ce n'est pas seulement la splendeur de la courbe : c'est aussi la générosité, l'audace avec laquelle l'homme-caméléon explore le monde mystérieux des autres. Faire un beau geste, donner son manteau, sacrifier sa vie, faire semblant de trébucher sur le boulevard Saint-Michel : c'est donner sans retour. La beauté du geste ne se mesure ni à son ampleur, ni au sacrifice qu'il implique, ni à la personne du bénéficiaire : son seul critère est le désintéressement, la gratuité.

Comme l'écrit Rabbénou Yona* : "La pure générosité est plus grande que la charité, car elle s'exerce tant à l'égard des pauvres que des riches, tandis que la charité ne s'exerce qu'à l'égard des pauvres. La pure générosité s'applique tant au corps de l'homme qu'à ses biens, tandis que la charité ne s'applique qu'à ses biens... Grâce à cette disposition à la générosité l'homme est agréé par l'Eternel et c'est pour elle que le monde a été créé, afin qu'elle se réalise."

Paris, janvier 1994.

* Moïse Maïmonide, Rachi, Rabbénou Yona, le Maharal de Prague, Rabbi Hayim de Volozyne, *Commentaires du Traité des pères (Pirqé avot)*, Verdier, 1990.

TABLE

Note de l'auteur (2006).. 11

Avant-propos.. 13
  1. Un paysage qui change 15
  2. Le fond du clavier 19
  3. Orient intime 23
  4. L'accord à venir 25
  5. Le poignet libre 27
  6. Shangri-la.. 39
  7. L'anneau de Saturne 46
  8. Loopings 57
  9. L'homme à la pomme 65
10. La brasse du condamné.................................... 71
11. Le fantôme du monde 80
12. Marcher dans le noir 90
13. Bonsoir, la planète ! 95
14. Zattere... 102
15. Au contraire ! 108
16. Parasols rouges 111
17. *Smorzando* 116
18. Le mont Hua 124
19. Augustine et Gradiva 142
20. La réponse est oui 148

21. Pourquoi je suis moi ?..................................... 157
22. La botte de Nevers.. 162
23. "Mains de nuage" en *si* bémol 173
24. Cristal de mémoire.. 180
25. Au bois dormant 183
26. L'homme-caméléon.. 193

BABEL

Extrait du catalogue

759. PHILIPPE DE LA GENARDIÈRE
 Simples mortels

760. AUGUST STRINDBERG
 Mariés !
 (à paraître)

761. PASCAL MORIN
 Les Amants américains

762. HONORÉ DE BALZAC
 Voyage de Paris à Java *suivi de* La Chine et les Chinois

763. IMRE KERTÉSZ
 Le Refus

764. CHI LI
 Tu es une rivière

765. ANDREÏ GUELASSIMOV
 La Soif

766. JEAN BARBE
 Comment devenir un monstre
 (à paraître)

767. PER OLOV ENQUIST
 Le Départ des musiciens

768. JOYCE CAROL OATES
 Premier amour

COÉDITION ACTES SUD – LEMÉAC

Ouvrage réalisé
par l'Atelier graphique Actes Sud.
Achevé d'imprimer
en août 2006
par Bussière
à Saint-Amand-Montrond (Cher)
sur papier fabriqué à partir de bois provenant
de forêts gérées durablement (www.fsc.org)
pour le compte
d'ACTES SUD
Le Méjan
Place Nina-Berberova
13200 Arles.

Dépôt légal
1re édition : septembre 2006
N° impr. 062834/1
(Imprimé en France)